近白堂集

江合友 著

江西教育出版社
·南昌·

赣版权登字-02-2025-063
版权所有 侵权必究

图书在版编目（CIP）数据

近白堂集 / 江合友著. -- 南昌：江西教育出版社，2025.5. --（中国当代学人诗词选集 / 钟振振主编）.
ISBN 978-7-5705-4160-7

Ⅰ.I227
中国国家版本馆CIP数据核字第2024AH2803号

近白堂集
JINBAITANG JI

江合友　著

江西教育出版社出版
（南昌市学府大道299号　邮编：330038）

各地新华书店经销
江西赣版印务有限公司印刷
787毫米×1092毫米　　32开　5.625印张　90千字
2025年5月第1版　　2025年5月第1次印刷

ISBN 978-7-5705-4160-7
定价：48.00元

赣教版图书如有印装质量问题，请向我社调换　电话：0791-86710427
总编室电话：0791-86705643　　编辑部电话：0791-86705903
投稿邮箱：JXJYCBS@163.com　　网址：http://www.jxeph.com

叶嘉莹先生为作者
《白石簃词稿》题词

周逢俊先生为作者
《荑轩词存》作画

总序

诗词何物？天地其心。发自性情，形诸歌咏。言志则乘风破浪，抒怀亦吐蜃成楼。读十万卷书以走马光阴，追五千年史于飞鸿影迹。梦笔生花，借以干乎气象；挦云拭月，得其助于江山。若长松与老柏，铁干铜柯；暨黄菊兮绿梅，春盼秋馥。怪力乱神，子之不语；兴观群怨，予或能为。乃有专攻术业，余事诗人。偶尔操觚，居然成帙。各精铨以诚恳，皆煞费其踌躇。碧桃红杏，元非栽天上云霞；跻圣谪仙，亦只食人间烟火。情钟我辈，肚肠岂别于邻家；友尚古贤，流派何分乎学院？虽然，腹笥果丰，出言尤易；舌苔稍钝，入味孔艰。吞囫囵于汗漫，百度凭他；化腐朽为神奇，六经注我。书说郢燕，美学何妨拚受；薪传唐宋，神思即畅交通。树异军之一帜，倡实皖南；市骏骨以千金,伫空冀北。东海珠珍,勤网罗而有赖;西江月皎,长照耀以无亏。忝窃主编,愧难副望。聊为喤引,以当嘤求。

癸卯夏至前三日,南京钟振振撰

减字木兰花
—— 题江合友《近白堂集》

吾友江合友教授新刊诗词合集《近白堂集》,谓自填词作诗以来,斋号凡三变:初曰白石簃,后曰萸轩,今则曰近白堂。斋号变,环境变,心境变,诗境、词境亦随之而变。即自"摹写物态,曲尽其妙",历经质实、清空,有句、有篇,诸多锻炼,已达至前辈况周颐所开示之境:"能道沉思一语,可以作词矣。"今其所谓白法、玄言,均颇能启迪心智,有益思考。因借其句,集成小词一阕,以寄其意,并题其集。甲辰端阳前六日濠上词隐于香江之敏求居。

随云踏浪。秀色满天红萼放。飞雪中宵。独饮千江月一瓢。　　危崖吊庙。万顷清波推短棹。花谢成埃。庐纳空为造化来。

案，《减字木兰花》上下二片，共八句，分别集自下列篇章：《立夏后初谒东营黄河口》、《登滕王阁五首》（其三）、《石门秋雪歌》、《观一音禅师吹洞箫》、《绛都春　娲皇宫》、《渔家傲　白洋淀雁翎队展览》、《浪淘沙　楸树花》、《题"天地吾庐"朱印》。

施议对

为有灵犀一点心
—— 读合友《近白堂集》

甲辰春日,合友复辑诗词一册,曰《近白堂集》,读来颇多感触。与合友相交数年,其间诗酒花月,每于醉醒之间,俯仰天地,纵横时事。其量如海,其情率真,臧否诗词,论及紧要处,大声镗鞳,慷慨意气,毫不含糊。其自序言:"新文化运动以降,白话文兴,而文言文衰,其大势盖如此。……近二十余年,旧诗作者渐众,俨有振起之相,然其中隐忧,亦不可胜数。……旧诗之命运,系在当代,此其尤为关键之处。"深以为然。视当下诗词,虽写作者众,然诗词一途,历千年渊薮,几经浮沉,复经白话之变,能见其心者渺矣,能见其性者更少。或陷于文化之海而溺,或执一知半解而狂,如时下满街汉服者,衣服第一,相貌差似,再审精神,则谬矣哉。学已难,通更难,守正创新，谈何容易。其出路何在？合友自序言"化古而得今，则旧诗之生命力，必能延续，且可望复兴于当代"，诚哉斯言。

独饮千江月一瓢

诗乃心学，关乎生命，须时刻关照内心，反省自我，因此必著一"真"字，方可谓"见自己"。合友言："但持真实一念，写当代之真诗。"其《荑轩词存序》中言"自谓丽藻千行，不若真心半点；典故满纸，岂如诚实一念"，可谓发自肺腑。其诗亦然，如《与诗人霍俊明石门聚饮》"太行山下滹沱岸，依旧鲜衣怒马回"、《天姥山一念》"谢公登眺千年后，我入青莲梦里诗"、《登滕王阁五首》"故事千年虽异代，初心一片可同谋"，放旷通达，意气风发。又如《大雪拟白体次徐铉韵》"红泥小火曾三请，白酒衰翁醉又加"、《病怀》"开口痴顽才一笑，低眉老病已三秋"、《春日印禅法师自洪来石步韵以赠》"浮生聚散无常事，也在春天也在秋"《浣溪沙 赠古榆乔海光先生》"世事百年终若此，人生一梦所期何"，沉郁低回，直抵内心。人生诸多际遇悲欢，忽而高山，忽而低谷，畅达则举目，蹇涩便低眉，大抵甘苦自知，惟弦歌自慰而已，诗词间见一真我，便不虚此行。

自身青罢更青山

诗乃美学，源自生活，须感念万物，相互生发，因此必著一"化"字，方可谓"见天地"。"茫茫天地间，万类各有亲""我见青山多妩媚，料青山见我应如是"，天真妙境，活泼之极。合友诗词得其精神，如《建强夏日除草戏以致之》："风拭荷花净，阳移木影舒"、《陪郭熙先生游正定隆兴寺》"相携且幸还相契，相遇春天满面风"、《芒种前日访建强村居》"平畴麦涌黄金海，清夏田宜望岁风"、《雪霁至洲润酒店顶楼花园访振峰兄赏白梅》"一时香气乾坤发，万里春风造化留"，清风满怀，胸襟坦荡，可谓"表里俱澄澈"。如《花溪谷跌倒后作》"可能一醉花溪雨，或许风光看入神"、《西溪湿地漫步》"遍野鼓蛙歌曲径，一天烟雨落清溪"，融情入景，清新自然，欢喜充满如少年。如《定州文庙东坡双槐》"两槐屹立一千秋，文气悠然定此州"、《过千秋台》"青榆垄上依依立，紫气天边郁郁来"《绛都春 娲皇宫》"依旧沧桑浮云老，还看漳水斜阳照"，复又感慨万端，寄托深远，沉着持重如老衲。物我两参，相互映照，更兼炼字写意，始得化境。

花开笑我得先机

诗乃哲学，充满生机，须超脱物外，低入尘埃，因此必著一"悟"字，是谓"见众生"。天下诗人众矣，何以能超群拔萃，思想在焉。陷于文辞者，终不知诗味，可知一悟之难。合友兄勤修精进，每多哲思。如《春分前日与邢泽、马明博二兄聚》"茶香分隽永，禅境说纤毫"、《愚庵愈堂二兄赴四祖寺诗以赠之》"山上春花开已尽，心花自在手拈回"、《赠马明博》"斯世同怀岂易寻，渺如沙漠拣黄金。善根增长因缘具，为有灵犀一点心"、《送马明博兄游泾县》"落尽桃花空一见，踏歌人在白云边"，玲珑诗心，不着尘滓。如《白头》"人生莫叹老垂垂，襟抱幸余知己知。嗟尔烝民轻喋血，怒其蚕茧乐缠丝"、《朝中措 白洋淀荷花大观园三面观音》"莲花百种，大观造就，普度能期"、《鹊踏枝 北响堂山石窟》"窟隙洞穿光到处。一束慈悲，一束飞尘土"，关怀备至，了然洞彻。诗词者，悲天悯人也，其力不在勘破而在慈悲，其功不在叹息而在度化，悟到此层，格调自古。

梦碧先生论好诗词有八字真言：情真，意新，辞美，律严。合友序中自言此集诗词"以意新辞美为准的"，其情真，其律严，可谓一脉相承，俱遵前贤法度。合友以诗词为业，著述日丰，声名日隆。"白法调狂象，玄言问老龙"，"白法"已就，使命在肩，愿君不惟做继承者、守护者，更需做开拓者、传播者，灵犀一点，再上层楼。特以小诗为贺：

新卷编成兀自痴，杜鹃啼血茧抽丝。

玄言白法调真性，惟在破颜一笑时。

王海亮

甲辰四月初九日于阳光大厦

自序

余自填词作诗以来,斋号凡三变。初曰白石簃,表乡情之深也。后曰莫轩,记人生感遇也。今则曰近白堂,其意何也?乡愁沉厚之叹,草木须臾之慨,皆有所执也,蹈向穷途,钻于牛角。所谓"聚缘内摇,趣外奔逸,昏扰扰相,以为心性",一迷为心,颠倒妄想,自迷迷他,将何以逃遁于烦恼之中耶?偶读王摩诘《黎拾遗昕裴迪见过秋夜对雨之作》诗,有句曰:"白法调狂象,玄言问老龙。"清人赵殿成笺注:"释氏以恶法为黑法,善法为白法。"善哉斯言,于我心有戚戚焉。荀子《劝学》篇云:"蓬生麻中,不扶自直;白沙在涅,与之俱黑。"余将何以逃于所执之涅?荀子又曰:"君子居必择乡,游必就士,所以防邪辟而近中正也。"余将有所择就,亲近善法,调息狂象,去所挂碍，乡愁感遇，无非色也，色即是空，根尘扫却，则自性自可失而复得。《庄子·人间世》曰："虚室生白，吉祥止止。"其境妙哉，真不可言也！乃自号近白堂，欲觅通衢以行大白牛车，虽不能至，愿申向往之心，趋之近之，如是而已。

庚子秋，《萸轩词存》梓行，此后于五、七言各体诗颇用心力，积稿甚夥，择其佳者，辑为《萸轩诗集》，凡二百四十余首，已付剞劂。去岁春《诗集》定稿，迄今一年有余，又有新作，昔年旧稿，亦有未入集，而再读有味，不忍捐弃，乃新旧合编，以意新辞美为准的，铨选得古近体诗凡一百八十余首。近六年间，填词虽少，亦未辍绝，董理旧作，复加删汰，得词一百余阕，其中颇有妙制，如《念奴娇 叠韵三首》《解语花 桐花》等篇什，屡为诗家所称述。窃谓于填词一道，渐有进境，作诗有助于填词，信不虚也。本集为吾首次诗词合刊，凡三百余首。诗以文体分为古风、五绝、五律、七绝、七律共五类，大抵按创作先后排列；词不分类，亦以填写先后为序。然搜罗旧作，偶有时间淆乱者，作者亦难于判定，则不甚推考，暂且臆断。旧文一则，诗词访谈录一篇，皆近年创作心得，个人观点，附录于集尾。

新文化运动以降，白话文兴，而文言文衰，其大势盖如此。诗则有新、旧之分。近二十余年，旧诗作者渐众，俨有振起之相，然其中隐忧，亦不可胜数。鄙见以为，旧诗之命运，系在当代，此其尤为关键之处。必以当代之心，写当代之景，叙当代之事，抒当代之情，说当代之理，始为真诗，可谓活诗，才是好诗。居于当代城市，能为山水田园之讴，读者以为置于古人集中亦莫辨者，或以为绝妙之篇，余则谓佳则佳尔，然必下古人一等。近乎古人，则其境老，其情陈，其事旧，其理迂，以今人之胸襟，仅能于古人之屋下架屋，作揩大之故态，为模拟之能事，吾未见其明也。如是旧诗之衰微必矣，以诗人之数，作品之量，竞夸于当代，后之视今，则遮目掩鼻，不忍见，亦不愿闻矣。旧诗之旧，乃在语言形式，不在内容风格，如当代之城镇，当代之工业，当代之田园，当代之信息，当代之社会，当代之思想，当代之人情，皆可摄入诗中，化古而得今，则旧诗之生命力，必能延续，且可望复兴于当代，此为必由之路，岂有他途？余愧不才，谫陋自守，但持真实一念，写当代之真诗，用添旧诗之砖瓦，薄有所获，于愿足矣。

昔余考研，不揣冒昧，修书求教于钟振振先生，竟得先生回覆，温言鼓励，助我匪浅。此后屡获照拂，难以缕述。拙集甫就，知先生主编"中国当代学人诗词选集"书系，入选者为学者诗家，皆一时之选，乃效毛遂之故事，自荐以呈。蒙先生不弃，允以入编书系，知遇之恩，衔佩无已。自余学诗填词以来，十余年间，濠上施议对先生耳提面命，示以途径，授予奥秘，促令精进。昔放翁念曾文清公之师恩，乃曰："忆在茶山听说诗，亲从夜半得玄机。"余每操觚之际，常感喟不已。濠上先生乃当代词宗，提携后辈，不遗余力，余已刊诗词集三种，皆为撰序集句，勖勉有加。闻余又有新著，即欣然命笔，弁语卷端，恩德如海，所教所惠，曷可胜言！王海亮兄与余同在溽南，常楼台置酒，醺然相语，坐而论道，乐而不知日月。此集辑成，兄为最初读者，特撰读后感一篇，至情至性，所论圆赅，可谓知音之言也，堪为读者之导引。王一舸兄青年骏发，雅擅文言，诗词昆曲，均极精通。与余京城一面，衔杯漱醪，即倾盖如故，疑义相析，盘于辞囿，其乐只且。闻拙集将梓，乃撰跋以付，文思精妙，论必惬极，余捧诵击节，惭愧而已。陈骥兄擅于诗词，名声早著，与予一见倾心，遂为挚友。兄以出版为业，今则为拙集作嫁，劳苦而功多，人生缘分，殊胜乃如此，惟感念于心，永志不忘。

甲辰蚕月既望古鄱江合友益之谨撰于石门之近白堂

目录

总序

减字木兰花——题江合友《近白堂集》

为有灵犀一点心——读合友《近白堂集》

自序

诗部
占风

石门秋雪歌 / 001

纵饮习酒歌 / 002

海南福寿歌 / 003

老酒恋歌行 / 005

五绝

童伴 / 008

校园偶见 / 008

叹花 / 008

惊鸿 / 008

浑南早春 / 009

题浮梁三宝春晨图 / 009

五指山登顶写望 / 009

废院蔷薇 / 009

河间瀛海公园踏青 / 010

永定河怀古 / 010

五律

春风 / 011

建强夏日除草戏以致之 / 011

澳门听毕曼唱土家民歌 / 011

劳动节访珍珠山庄 / 012

浑南冬至即事 / 012

壬寅岁末 / 012

孔府 / 013

孟庙 / 013

病袭 / 013

吕后 / 014

忆昔雨行丽阳镇道中 / 014

庚子夏拜访灵寿傅氏文化研究会诗以呈之 / 014

仲夏闻江右涝灾连日 / 015

庚子小暑后浮梁大水 / 015

夏日闻水漫金山寺 / 015

观水淹龙王庙视频有感 / 016

仲夏频闻南方洪讯 / 016

庚子七夕 / 016

庚子中元夜访华严寺 / 017

秋日过深泽湖 / 017

立夏后初谒东营黄河口 / 017

庚子中秋登漫山花溪谷 / 018

青海湖眺望 / 018

春分前日与邢泽、马明博二兄聚 / 018

邢州大开元寺礼明憨长老 / 019

大开元寺读书会启动仪式后呈明憨长老 / 019

读《智慧人生三十四要》有感呈明憨长老 / 019

良人怨 / 020

楚相孙叔敖 / 020

岁暮村行二首 / 020

安国寄兴 / 021

甲辰春节戏代愚庵作 / 021

正定灯会游赏呈土海亮兄 / 022

七绝

丙申三月廿八夜填词有感 / 023

西湖秋柳 / 023

南横口陶瓷水镇 / 023

土门关中秋 / 023

包拯 / 024

海瑞 / 024

于成龙 / 024

夜宿河口 / 024

庚子岁暮二首 / 025

辛丑仲夏乘高铁赴沪写望 / 025

夏日长春南湖伫望 / 025

峨眉猴 / 026

一二九师部旧址遇雨口号 / 026

六月二日暴雨邯郸东站滞留 / 026

壬寅新正夜访前南峪 / 026

信都山中会友 / 027

壬寅春分 / 027

为寓京友人作 / 027

丰台山中遇养蜂人 / 027

太行山中见彩云 / 028

处暑 / 028

衡水湖梅花岛早春 / 028

荣国府绿樱花 / 028

癸卯春日正定荣国府赏花 / 029

河北师大顺天大道楸树花 / 029

李白村 / 029

陪郭熙先生游正定隆兴寺 / 029

谒天宁寺凌霄塔 / 030

正定开元寺看安重荣断碑 / 030

南昌红谷滩夜饮戏呈吴夏平 / 030

杭州印象 / 030

过长沙 / 031

愚庵兄过鄂州观音阁而不能入 / 031

睡衣二首 / 031

癸卯暮春赴鹿泉谒闻章先生 / 032

癸卯闰二月谒河间毛苌公墓 / 032

杜志勇兄与夫人冯云三十余年恩爱不减 / 032

愚庵愈堂二兄赴四祖寺诗以赠之 / 033

送韦散木留学韩国 / 033

题金刚精舍 / 033

封庄夜饮 / 033

长征街深夜饮冰啤 / 034

七夕 / 034

初至药都安国 / 034

定州 / 034

定州文庙东坡双槐 / 035

愚庵愈堂张哲三兄邀游白鹿温泉不赴二首 / 035

雨中过花溪谷树桥公园 / 035

芒种前日访建强村居 / 036

与诗人霍俊明石门聚饮 / 036

赠马明博 / 036

鼓山晨眺 / 036

天姥山一念 / 037

长诏水库即景 / 037

东峁山怀古 / 037

刘门山迎仙桥遐想 / 037

穿岩山秋望 / 038

首届院士诗词会议感赋 / 038

初夏雨中登花溪谷 / 038

花溪谷跌倒后作 / 038

与赵建军杜志勇同车赴花溪谷途中 / 039

过王阮亭双松书坞 / 039

观禹之鼎绘王渔洋蚕尾山图 / 039

土门关驿道怀古 / 039

过河间 / 040

元宵望月 / 040

冬月初九记梦二首 / 040

盼雪步韫辉诗丈韵 / 041

春暮 / 041

洗牙随感呈刘丽医生 / 041

早春西山登眺 / 041

读余来明《从南京到北京》/ 042

狄希佳酿 / 042

中山松醪 / 042

湾里庙步行街 / 042

筷子 / 043

送马明博兄游泾县 / 043

题一音禅院赵州茶亭 / 043

观一音禅师吹洞箫 / 043

观愚庵兄一音禅院斋堂掌灶 / 044

观一音禅师桃花潭畔吹洞箫 / 044

呈泾县一音禅师 / 044

赠查济半山一音禅师步刘墨先生韵 / 045

刀郎新曲步海亮韵 / 045

督亢泖 / 045

咏哥舒翰 / 046

中秋 / 046

呈印禅长老 / 046

安国药王庙 / 047

冬日偶见 / 047

癸卯除夕 / 047

村居除夕 / 047

咏兰，末句用小女柔儿语 / 048

甲辰正月十三冰雪漫天步印禅法师韵 / 048

甲辰正月十四日步印禅法师韵 / 049

赠河北鹅池诗社 / 049

栾城早春 / 049

孟春登滕王阁，印禅法师恰住阁边大厦高层，同揽胜景而不遇，乃慨然赋之 / 050

春梦 / 050

龙抬头前夜正定城赏花灯 / 050

二月二 / 050

诗人建强五十一岁寿辰 / 051

甲辰春分后一日步印禅法师韵 / 051

战雄父遽尔故去不及见儿最后一面痛悼无已 / 051

暮春晨兴偶见 / 051

咏修水大湖山竹 / 052

七律

登滕王阁五首 / 053

西溪湿地漫步 / 054

大雪拟白体次徐铉韵 / 055

溽南大雪后作 / 055

晨兴记梦戏呈马愚庵并序 / 056

白头 / 056

大暑 / 057

夏日过金阁寺遇雨 / 057

玉华寺后院谒信行法师 / 057

谒赵南星祠堂 / 058

过千秋台 / 058

病怀 / 059

题"天地吾庐"朱印 / 059

贺龙社八周年 / 059

游安国谒邢泽兄 / 060

药都安国 / 060

癸卯严冬惊闻扬州大学刘勇刚兄即世 / 060

雪霁至洲润酒店顶楼花园访振峰兄赏白梅 / 061

石家庄北国跨年气球雨 / 061

题宝山寺牡丹步印禅法师韵 / 062

春日印禅法师自洪来石步韵以赠 / 062

滹沱河踏青 / 063

词部

玉楼春　己亥上元谒石马寺觉性禅师 / 065

凤栖梧　雄安淀村漫步 / 065

渔家傲　白洋淀雁翎队展览 / 066

朝中措　白洋淀荷花大观园三面观音 / 066

貂裘换酒　白洋淀 / 066

绕佛阁　老龙头海神庙 / 067

绛都春　娲皇宫 / 067

鹊踏枝　北响堂山石窟 / 068

如梦令　初至邹城孟子故里 / 068

浣溪沙　赠古榆乔海光先生 / 068

凤栖梧　山海关闲庭 / 069

望远行　悼岳父 / 069

貂裘换酒　感怀 / 071

浣溪沙　西昌飞机降落写望 / 071

如梦令　邛海湿地乘筏 / 072

满庭芳　邛海 / 072

菩萨蛮　西昌 / 073

满江红　彝族火把节 / 073

玉楼春　西昌观火箭发射 / 073

玉楼春　泸山光福寺 / 074

鹧鸪天　邛都汉晋古城遗址 / 074

清平乐　己亥 / 074

清平乐　忆昔二首 / 075

念奴娇　叠韵三首 / 075

青玉案　初雪 / 077

菩萨蛮　澳门夜色 / 077

汉宫春　澳门回归廿周年次陶原珂先生韵 / 077

临江仙 / 078

惜红衣　庚子上元 / 078

孤鸾　汉河上巳 / 078

菩萨蛮　庚子清明 / 079

满庭芳　咏绣球花 / 079

望江东　庚子无题 / 080

菩萨蛮　庚子春分 / 080

声声慢　龙泉湖湿地蛙鸣 / 080

满庭芳　土门关驿道 / 081

减兰　悼津门王学奇先生 / 081

木兰花　咏韭香水煮肉片戏呈南兄江涛 / 081

少年游　蔡国强词翁生辰次韵 / 082

水龙吟　孟夏感赋 / 082

解语花　桐花 / 083

金缕曲　挽南开罗宗强先生 / 084

意难忘　庚子初夏 / 084

侍香金童　庚子端午 / 085

金缕曲　悼吉大王昊兄次词隐翁韵 / 085

愁春未醒　濠南立秋 / 086

箜篌曲　庚子中秋 / 087

卜算子　吹风机 / 087

鹧鸪天　枫叶 / 087

齐天乐　赋红叶次文裳词丈韵 / 088

蝶恋花　赋苗强贤弟所寄赣南血橙 / 089

望海潮　秋日雨中游武隆天坑，亦名天生三桥 / 089

卖花声　寒冬巷中闻叫卖声 / 090

临江仙　豆浆机 / 090

喜迁莺　庚子华师词谱工作坊次蔡国强词丈韵 / 090

国香　拜王玉明院士杖朝之寿 / 091

捣练子　石门全城居家 / 091

清平乐　电熨斗 / 091

玉楼春　庚子岁杪 / 092

南歌子　怀旧老歌 / 092

浪淘沙　赠小说家李浩 / 092

鹧鸪天　黄河口嵌换头句 / 093

浪淘沙　楸树花 / 093

暗香　五指山农家窑洞废院蔷薇 / 094

菩萨蛮　与李俊勇兄石门论学聚饮 / 094

醉花阴　观莲塘荔枝图步张海沙教授韵 / 095

菩萨蛮　长春南湖夏夜 / 095

菩萨蛮　辛丑六月与青年词学会诸子长春聚饮 / 095

南柯子　辛丑长春词学会步施议对先生韵 / 096
临江仙　咏双流 / 096
浣溪沙　眉山三苏祠遇雨 / 096
水调歌头　眉山三苏祠谒东坡遇雨 / 097
虞美人　辛丑六月望日峨眉山夜饮 / 097
鹧鸪天　辛丑立秋 / 097
浪淘沙　壬寅春感 / 098
诉衷情　梦游玄武湖 / 098
醉花阴　饮茶 / 098
醉花阴　虎年孟夏 / 099
选冠子　读清真词 / 099
菩萨蛮　记长沙青年词学会 / 099
蝶恋花　闺情步王国维先生韵二首 / 100
一络索　壬寅徐州词会不赴 / 100
菩萨蛮　衡阳雁 / 101
雨铃霖　壬寅孟冬 / 101
浪淘沙　访外婆旧宅 / 102
满庭芳　贺蒋子旺拜师定瓷大师和焕先生 / 102
水龙吟　海棠步韵恭贺迦陵先生百岁大寿 / 103
柳梢青　游安国药博园 / 103
夜行船　游安国谒邢泽兄 / 103
菩萨蛮　过吉星路 / 104
浣溪沙　汉服美人 / 104
如梦令　前南峪晨兴赏雪 / 104
如梦令　雪后访栾城振峰兄赏白梅 / 105

少年游　贺《曾大兴诗词》梓行 / 105

少年游　与甄强医生饮酒 / 105

如梦令　过年 / 106

清平乐　正定古城春节 / 106

清平乐　闻某兄康保县驻村三载感赋 / 106

清平乐　小年夜肖冰邀饮，与邢泽、马明博、张哲诸兄尽欢 / 107

清平乐　携柔儿雪后赏腊梅 / 107

清平乐　雪后五台山 / 107

清平乐　春节前夕闻武汉暴雪其状惨烈 / 108

清平乐　春节前武汉暴雪阻途 / 108

清平乐　除夕前豫鄂春雪暴降 / 108

清平乐　立春雪夜增强延饮 / 109

清平乐　阳泉史新玉学棣贻晋醋数品饮后有作 / 109

减兰　除夕前闻豫鄂湘暴雪 / 109

貂裘换酒　读"论词四种"步濠上词隐公韵 / 110

减兰　题伊犁天鹅湖冬景图 / 111

贺新郎　叶嘉莹先生百年华诞步词隐公韵 / 111

减兰　品云居禅茶 / 112

减兰　早春黄昏 / 113

减兰　新正腊梅 / 113

醉花阴　鹿泉十方院古腊梅 / 113

减兰　记邢泽、张哲二兄吉林购参事 / 114

浣溪沙　兰花 / 114

浣溪沙　军嫂陈姐 / 114

减兰　甲辰正月十一日埔雪晴日柔儿催赏梅花 / 115

西江月　甲辰正月昌黎杜志勇兄贻新疆葡萄烈酒饮后感赋此解 / 115

宴西园　甲辰正月十一日夜饮 / 115

西江月　甲辰年明博居士生辰 / 116

减兰　赠中医李昱达兄 / 116

南柯子　柔儿夜中小恙早起感赋 / 116

减兰　汕头陈斯怀教授卜居石家庄，读书儵然，为赋此解 / 117

减兰　乘机降落南昌写望 / 117

浣溪沙　惊蛰前三日南昌大学江西诗派学术研讨会召开喜赋 / 117

浣溪沙　南昌前湖早春 / 118

浣溪沙　孟春与刘慧宽、祁飞夜游南昌大学前湖校区 / 118

西江月　早春坐轮船游赣江 / 118

滴滴金　杯子 / 119

少年游　观正定赵云花灯 / 119

卜算子　韦军平兄欲回乡盖房其父不许 / 119

蝶恋花　春晨偶遇 / 120

玉楼春　同诸公东湖踏月听蛙拈韵得"望"字 / 120

莺啼序　拟白居易诗二首 / 121

附录

诗中有人，守正创新 / 123

中国诗歌网名家访谈录 / 127

跋

诗部

古 风

石门秋雪歌

穷秋来暮雨， 中宵夜飞雪。
及晨一庭白， 朔气转凛冽。
密叶仍在枝， 绿盘承玉屑。
其重不能负， 往往枝断折。
满地未枯草， 尽衣绞绮颉。
苹菂点点赤， 翠素隙中血。
又有几枫栌， 风中摇明灭。
树头二月花， 一片披粉褐。
行人都赞叹， 此景何妙绝。
此雪来何早， 祥瑞趁佳节。

我怜物性伤，　雪早皆夭杀。

天地有时序，　四季当分别。

寒暖反其常，　物死生灾孽。

兹雪虽或美，　其早伤何烈。

农者长太息，　畎亩不忍瞥。

况复疫时侵，　念之肠内热。

谬哉昔达者，　独善身无缺。

滥竽而不吹，　歌舞无消歇。

善哉白乐天，　刺之何坚决。

诗因事而为，　头白心似铁。

注：时在辛丑九月中旬。

纵饮习酒歌

纵饮老习酒，　嘉辰须会金兰友。

病去春天来，　夜雨应剪庭除韭。

酱香一线喉吻间，　滋润胃肠干枯久。

窗前几树腊梅花，　东风料峭花香骤。

花香酒香纷沓时，　持杯花间相携手。

忆昔囚居苦灾疠，　折足铛中无眠又。

糙米稀饭嚼咸菜，　淡极狂奔环室走。

好友线上遥相约，　举杯对影慨而慷。
觍颜相求谋诸妇，　妇有瓶酒柜中藏。
不时之需常以待，　是为习水好琼浆。
大喜新涤玻璃盏，　倾倒玉液泛微黄。
屏上诸友惊所见，　欣羡连呼冷不防。
我闻其香已醇厚，　我窥酒体净透光。
一杯饮下味丰满，　二杯倾尽味悠长。
三杯空时留香久，　杯杯回甘郁芬芳。
颦眉舒展驱抑郁，　神采不禁暂飞扬。
诸友相询其中味，　都云疠后愿先尝。
汉家蒟酱传千载，　佳酿出自夜郎旁。
当时汉武赞甘美，　此日疠中慰疏狂。
便向屏前夸海口，　病消疠散倚门候。
习酒排开家宴上，　不醉无归君来否？
而今倾杯乐，大喜何曾有。
诸君共我同一醉，　酒中真意垂不朽。

海南福寿歌

东坡谪海南，　兼得福与寿。
有客谓不然，　鼓唇讥此谬。

食芋饮水者，福到饥肠否？
享年未古稀，寿从短处有？
笑尔俗眼观，所见何鄙陋。
莫识广与大，坤六淆乾九。
官大或钱多，福运孰能久？
神龟几百岁，寿高何所就？
子瞻来儋州，学陶颇种豆。
黎民献生蚝，烹之佐浊酒。
此心所安处，吾乡宅五亩。
日抚桄榔庵，夜剪庭除韭。
身舟海涯系，心木安然守。
自许儋耳人，远游归乡又。
兹游最奇绝，莫能出其右。
功业在文章，过海神思秀。
其福岂不大，海色盈窗牖。
其寿何绵长，名成三不朽。
客忽敛衽拜，醍醐灌顶透。
似此珠玑言，一句一颔首。
珠崖幸甚哉，长为福寿薮。
海风自东来，日夕驱尘垢。
清气郁森林，负氧升何骤！

朝攀五指山，　暮依三亚柳。

朝暮步沙滩，　海内八方友。

一时四美具，　扶老还携幼。

坡仙如再至，　当作狮子吼。

福寿聚儋州，　在我千年后。

老酒恋歌行

忘年交 W 教授告知昔年情事，长歌以纪之。

千年蜀酒香悠悠，　浓香最美是泸州。

夫子一饮十数盏，　人生得此复何求？

一霎迷离神恍惚，　不觉言多羡少年。

座中有女颜色好，　偏向樽前问以前。

我心隐秘岂能说，　往事沉渊深郁结。

但有一瓶泸州酒，　四十年来未曾别。

思绪半点不由人，　牵拉又蹈娇软尘。

映山红边女娃美，　颙望田郎已出神。

田郎抛秧准且稳，　把把田中掷均匀。

又挑竹箕走田坝，　一担如飞二百斤。

女娃中心柔情动，　等在路边逢此君。

羞言此时焦渴甚，　可否讨水润枯唇。

田郎厚道聊憨笑，
水尚温，笨手分，
雪腮红遍无一语，
郎君酥麻身僵死。
归来呆坐知青舍，
自来山间争劳动，
寒来暑往凡再四。
村女真心归于我，
黄叶冈头秋日暮，
执子之手此间乐，
偏偏调令忽然至，
勿迟疑，恐难归。
世间不过人心狠，
卿卿别离前夜至，
郎君爱酒我来送，
昨日媒婆家中去，
郎君好去莫回头，
叮咛语罢眼圈红，
扭颈回身决然去，
城里知青最无情，
青春掷去几度秋，
仔细宝藏床头下，
高考考罢复考研，

持送暖瓶水尚温。
慌不能，水溅身。
惟以秋波转送春。
好意盈心语无闻。
此生愿老在荒村。
改造最佳必回城。
渺茫迷梦渐以宁。
我愿一生伴卿卿。
翠竹岭下春月低。
不觉光阴似电飞。
父命回城勿迟疑。
卿有意，我无仪。
忍别却把泪空垂。
手执泸州酒一瓶。
我爷藏之久未倾。
阿妈自以口头许。
明年我是邻村妇。
泪滴沿腮落到胸。
免逢阿妈勃然怒。
逢场作戏欺村女。
相携老窖返城游。
时时相看恐不周。
昔日田郎执教鞭。

离乡一去三千里，　长在梦中偶魂牵。
四十年来四搬家，　老妻嫌此旧瓶差。
温言解释老酒好，　其价颇昂品质佳。
妻言何不开瓶饮，　尔图一醉我闻味。
我说品酒须良辰，　暴殄天物如犯罪。
故向酒柜深处藏，　深心情愫岂能量。
而今生徒称夫子，　霜鬓不辞泸酒香。
某日回家妇羞惭，　失于老酒瓶打翻。
一地狼藉玻璃碎，　知君爱此心胆寒。
君不闻彻腑浓香空绕梁，
君不见青春打碎在书房，
君不知此酒珍藏四十载，
君不解梦醒时分痛断肠。
四十载，痛断肠。
负人心债还未了，　愧称夫子在学堂。
半生信物忽毁去，　人生陈酿岂寻常。
从此但饮泸州酒，　此心铭记真情厚。
香中深缊世间味，　心中珍贵存不朽。
存不朽，夫子寿。
人已老，情如旧。
最无奈人间至爱终别离，
最可爱老窖浓香永相随。
流连最是杯中物，　除此知音更有谁？

五　绝

童伴

梯田放藕花，　牛背两三娃。
刹那无踪影，　弓身去捕蛙。

校园偶见

柳叶深无地，　金绦半满头。
偶然双喜鹊，　行踏一庭秋。

叹花

春风吹苑囿，　各色好花开。
薄命凋残必，　靓妆何苦来。

惊鸿

回头一瞥初，　莲脸美如书。
春梦惊曾觉，　残阳照我庐。

潭南早春

樱白间桃红， 门前渐不同。

陌头平野阔， 纸鹞弄苍穹。

题浮梁三宝春晨图

重岭何苍莽， 幽幽百壑连。

浮沉茶叶绿， 汤上几层烟。

五指山登顶写望

亭台生拇指， 苍翠泛灵桃。

层叠千岩壑， 奔腾万山涛。

废院蔷薇

寂寞双姝娟， 花香簇粉红。

主人抛弃去， 相伴夜来风。

河间瀛海公园踏青

池苑画图开， 鸥鹨戏水来。

波浮青绿岛， 花映美人腮。

永定河怀古

永定斯无定， 巍峨圣祖心。

横流一再起， 遵旨恕难禁。

五 律

春风

君去裁桃李，　君来减暗香。
杀花来去久，　作诵始终良。
野草迢迢绿，　娇莺恰恰翔。
谏言流浪者，　好驻莫轻飏。

建强夏日除草戏以致之

米酒瓢杓饮，　飘然就薙锄。
空庭生杂草，　翠鸟匿柔蔬。
风拭荷花净，　阳移木影舒。
新米颇搁笔，　浃汗扫幽居。

澳门听毕曼唱土家民歌

尊前含笑伫，　生俏且清嘉。
歌妙芳龄女，　情深六口茶。
鄂西平调婉，　濠上晚风斜。
夸道恩施好，　潮溪是我家。

劳动节访珍珠山庄

铁镰裁碧韭，　香上坳间坡。
高岭槐花满，　幽居笑语多。
出门迎皂犬，　把酒比红酡。
浊气颇能去，　丕风尽日和。

潭南冬至即事

万叶下幽燕，　浓霾正满天。
长街迷道树，　旷野尽云烟。
嗽夜添华发，　忧时看瘦颜。
不能引遁去，　徒罩辟沙棉。

壬寅岁末

出门何所见，　草木俱萧黄。
乌鹊颇翔集，　残枝一扫光。
禽慌肠肚饿，　人苦病瘟狂。
万物真刍狗，　寒风刺骨凉。

孔府

衍圣传香火， 朝廷定一尊。
熙宁兴府第， 世代作衙门。
敲石陈年事， 抟沙故纸痕。
趋庭游者众， 寂寞倩谁论。

孟庙

祠堂森柏树， 未谒已心倾。
贵庶超凡见， 轻君卓荦鸣。
宽仁申善性， 利害洞人情。
万感阶前集， 无端泪满睛。

病袭

病袭城墟静， 春归院落花。
禅逃亲白法， 虫嚣褪晚霞。
偶至清凉所， 还倾灼热茶。
美人仍罩面， 不去那层纱。

吕后

百计王诸吕，　吕家竟断根。

戚姬残彘惨，　孝惠罢朝尊。

滥用福威潜，　猜疑忍虐存。

黎民滋殖甚，　酷吏不登门。

忆昔雨行丽阳镇道中

野径黄梅雨，　征辕绕九弯。

轮奇颠座木，　屦偶溅泥斑。

盈辙千升水，　拦途十万山。

康庄今日直，　哂泪落潸潸。

注：轮奇，昔年乡间交通，依赖三轮车，俗曰"三马子"，故云。

庚子夏拜访灵寿傅氏文化研究会诗以呈之

松滹湾畔见，　江野饺儿肥。

谈笑惟家乘，　倾杯以狄希。

中山称故国，　傅氏起京畿。

祖德弘扬事，　诸君责所归。

仲夏闻江右涝灾连日

大湖狂泻注，　四野漫黄涛。

瓷镇吹田亩，　鄱阳没艾蒿。

孤村千泛梗，　百姓万哀号。

泪向青天祷，　能赊喜鹊毛？

庚子小暑后浮梁大水

横流冲歙县，　漂木下浮梁。

暂阻浯溪口，　狂淹福港乡。

波荡村屋圮，　浪浸稻苗黄。

闻道鄱湖水，　汹汹灌五江。

夏日闻水漫金山寺

浊浪稍贮滞，　狂浪越辽鄱。

蛇走金山瓦，　鱼穿法相髁。

中流波浩淼，　南畔石盘陀。

沧海桑田事，　千年等一梭。

观水淹龙王庙视频有感

连天倾暴雨，　大水没龙王。

毂觫黄流涝，　飘摇古庙堂。

萧墙兴祸患，　乡野遍洪荒。

共业由来巨，　乾坤受百殃。

仲夏频闻南方洪讯

多艰庚子岁，　汹疠并洪湍。

伏雨飔飔急，　行潦溜溜漫。

皇天何处溢，　后土几时干。

连日忧黎庶，　书生腹内酸。

庚子七夕

微凉天气夜，　独瞰远灯红。

云弄疏星巧，　人言密语同。

清清河上水，　攘攘世间风。

洪疠毗连至，　千家确幸空。

庚子中元夜访华严寺

寨庭含浅色， 梵呗唱清凉。

云起须弥变， 盘倾自在光。

熏天腾焰火， 施供送虚亡。

法界明珠摄， 烦城夜未央。

注：寺亦名神宫寨，与道观共一庭院。

秋日过深泽湖

平川横大绿， 小水汇城陴。

海孕斯深泽， 花环此黛漪。

盘旋群雁远， 俯仰众香随。

风起痴云快， 高天共一吹。

立夏后初谒东营黄河口

踏浪随云去， 轻舟驭万花。

嫩芦生锦绣， 老鹳立平沙。

咸淡中分线， 蓝黄互打叉。

捯天河汉水， 并入海无涯。

庚子中秋登漫山花溪谷

谷染红枫点， 层林满煦阳。

飘风驱絮帽， 尖岭刺陂塘。

泉纺岩间布， 石移鸢尾香。

悠然因坐久， 参味慢时光。

青海湖眺望

天翻五色瓶， 地画万千形。

绽蕊滩头紫， 浮云海上青。

旷原生翠幌， 野雁破银屏。

伫立斜阳下， 萦回晚籁听。

春分前日与邢泽、马明博二兄聚

城西同小酌， 门外涌春潮。

风作晨昏冷， 花开锦绣袍。

茶香分隽永， 禅境说纤毫。

且共娑婆乐， 红尘走一遭。

邢州大开元寺礼明憨长老

日去当来月，　经行果敢心。

丕兴曹洞后，　大活井方今。

觉照惟禅静，　宣流尽法音。

跏趺莲座结，　棣棣威仪临。

大开元寺读书会启动仪式后呈明憨长老

城市开兰若，　弦歌奏梵筵。

照归曹洞界，　观入竹林禅。

对殿莲池净，　盈阶桂叶连。

色空听未寂，　般若涌澄泉。

读《智慧人生三十四要》有感呈明憨长老

人间驾远航，　一路岂寻常。

能下方成海，　不矜才有光。

慧分三十四，　妙解独无双。

生活禅音起，　宣流且未央。

良人怨

往事最难收， 床前喋不休。

痴儿三致意， 红袖九要求。

属意鸡毛大， 倾心蚁穴幽。

拈笺濡淡墨， 笔下写闲愁。

楚相孙叔敖

治水筑芍陂， 庄王霸业随。

立功辞重赏， 执政缓无私。

财产何须蓄， 儿孙自有为。

循良倾太史， 不朽美名垂。

注：司马迁《史记·循吏列传》推孙叔敖为循吏第一。

岁暮村行二首

其一

驱车出古城， 漫向野村行。

朝日贻温暖， 农民罢耦耕。

黄牛缘路卧， 老树傍溪横。

疾疠冬来虐， 山中暂可宁。

其二

山城满病瘟，　乖气摄人魂。

乐起穷途恸，　屏充达者言。

互梳双母女，　相耍数儿孙。

墟落炊烟袅，　生机自有痕。

安国寄兴

安国凭良药，　迎风尽好音。

万民真意切，　百草异香临。

稽首邳彤庙，　萦怀已叟吟。

医疗千古事，　炮制一生心。

甲辰春节戏代愚庵作

节日返东光，　陶然入醉乡。

倾杯随发小，　彻夜唠家常。

鞭炮当窗响，　灶糖连院香。

回城惊梦醒，　颇爱此黄粱。

正定灯会游赏呈王海亮兄

天意纾余闷， 幸邀羁旅人。

观围应若堵， 造物可征神。

四望城墙老， 双排火树新。

异乡多变换， 古木又生春。

七　绝

丙申三月廿八夜填词有感
苦想冥思愧不才，　音辞未稳意难赅。
为耽佳句频繁改，　半夜孤灯几度开。

西湖秋柳
蓦地轻寒叶半焦，　秋心荡荡复飘飘。
淡妆西子娇如许，　犹剩残春在碧条。

南横口陶瓷水镇
甘陶绵蔓水围门，窑火千年尚有温。
白釉花间慷慨处，井陉精气太行魂。

土门关中秋
傍岸关楼一带过，秋风淡扫太平河。
银花万点粼粼绽，满月凌空越海螺。

包拯

铁面阎罗多决断， 无私敢犯贵骄颜。

乾坤倩汝伸公义， 浩气长存口耳间。

海瑞

粗劣饭蔬长不厌， 深心万念是黎民。

不阿无畏君王怒， 垂范将来做吏人。

于成龙

宦海名成三卓异， 清廉刻苦岂寻常。

木箱终了无余物， 哭断江南士子肠。

夜宿河口

西湖鸣翠欲何酬， 风硬人亲漫大洲。

入海黄河流汗漫， 黄蓝梦里总停留。

庚子岁暮二首

其一

幼女听闻五鬼袭，　临行每嘱罩腮儿。
朔风寒极冰三尺，　墙角梅枝蕊绽时。

其二

冷月空城何寂寞，　频刷简讯夜何其。
馗公铁面应来速，　镇克邪魔莫误迟。

辛丑仲夏乘高铁赴沪写望

白龙驰掣破玄黄，　夏麦新除戴穗装。
割后根茬平四野，　铺金一路向南方。

夏日长春南湖伫望

蓝清绿亮树盈空，　云浪层层各不同。
天降一弯冰玉镜，　林边自照自吹风。

峨眉猴

近前伸爪可怜兮， 刹那偷包越树西。

顾影拣嚼吟啸去， 惊魂一女是吾妻。

一二九师部旧址遇雨口号

雨帘如瀑洒潇潇， 院落丁香翠背摇。

刘邓雷霆曾一怒， 千钧令斩大和妖。

六月二日暴雨邯郸东站滞留

列车无信屡心焦， 二轨空空向远招。

蚁聚重重人过万， 一齐相守到中宵。

壬寅新正夜访前南峪

融冰浆水半流光， 照影灯昏伫岸旁。

夤夜琼花开遍峪， 太行妆罢各争长。

信都山中会友

一刹东风放雪梅，　前南峪里探花回。

环山野壑层冰澈，　心会悠然共酒杯。

壬寅春分

冷入春分朔气加，　堪惊雪下觅桃花。

娇柔赤粉嫣然美，　恍似新婚戴白纱。

为寓京友人作

荦确京郊岭上行，　囊羞寄寓且无名。

野蜂槐下长相舞，　过客心中久不宁。

丰台山中遇养蜂人

我逐花开尔逐嚚，　偶然遭遇小山腰。

帝京香气蜂箱贮，　此刻同君俱北漂。

太行山中见彩云

孤云驾日近高峰，　旌旆悠悠五色浓。

耳畔悬泉申素约，　相携绝涧访青松。

处暑

溽热颇思屠去暑，　今逢处暑心酸楚。

接天莲叶半枯黄，　忍对秋风伤逆旅。

衡水湖梅花岛早春

地丁开紫我开心，　花里黄蜂恣好音。

漫眼红梅凋谢去，　枝头绿涨短长荫。

荣国府绿樱花

嫩绿罗裙未末裁，　偶逢窗外雪香腮。

流连伫抚皴皮树，　仰看当风粉蕊开。

癸卯春日正定荣国府赏花

恍若红楼姐妹回， 花容片片粉霞腮。

人间自有生尘袜， 微步枝头岁岁来。

河北师大顺天大道楸树花

每岁花云过碧空， 双排紫气自来东。

半于高处无人赏， 半落街头细雨中。

李白村

诗国千年颂李公， 文心剑胆两情钟。

长安醉罢归东鲁， 自此山河大不同。

陪郭熙先生游正定隆兴寺

妙城无边细雨中， 老槐荫覆殿堂东。

相携且幸还相契， 相遇春天满面风。

谒天宁寺凌霄塔

一见倾心便不同, 千年立塔恁高崇。

乾坤万古清凉气, 赋与楼台善始终。

正定开元寺看安重荣断碑

几段居高老大碑, 称王节度梦曾窥。

如山赑屃山崩裂, 石块能驮过往谁?

南昌红谷滩夜饮戏呈吴夏平

美酒传催满面红, 盛唐兴趣与君同。

才情自古饶江右, 化作皤头不老翁。

杭州印象

沧海楼观晓日红, 浙江潮对大门东。

西湖蘸取淋漓水, 漫写豪情遍碧空。

过长沙

不废湘江日夜流， 攀登岳麓最高楼。
激扬文字今朝又， 破浪新凭五彩舟。

愚庵兄过鄂州观音阁而不能入

阁伫江心碧水中， 莫能呼渡过匆匆。
白墙青瓦盘陀石， 自去还来自在风。

睡衣二首

其一

深爱三更到六更， 晨兴片刻寡恩情。
为君身上留痕浅， 梦醒时分久不平。

其二

十年歧处别郎萧， 一套鲜衣送路遥。
似铁布襟犹不冷， 那人仍抱度春宵。

癸卯暮春赴鹿泉谒闻章先生

其一

遍野茵陈采不停， 空山法雨打浮萍。

春光荏苒残花落， 鸟语嘤鸣驻足听。

其二

卧佛山前细语听， 耽玩楮墨不劳形。

花开每日心田上， 不二谁从梦里醒。

癸卯闰二月谒河间毛苌公墓

荆棘圮院拜毛公， 千点花开恣意红。

漫漶青碑围左右， 垄丘相对有春风。

杜志勇兄与夫人冯云三十余年恩爱不减

鲜花怒放两腮旁， 无限春风满太行。

沉醉而今犹不醒， 逢云一眼到天荒。

愚庵愈堂二兄赴四祖寺诗以赠之

闻君昨日下黄梅， 护法缘因法雨催。

山上春花开已尽， 心花自在手拈回。

送韦散木留学韩国

闻君深造赴群山， 共有情风入港湾。

翰墨经纶黄海畔， 拿云心在破重关。

注：散木将赴韩国群山大学攻读博士学位。

题金刚精舍

鸟鸣深树粉荷开， 岩壑风光入露台。

百品金刚充栋宇， 性空无我有人来。

封庄夜饮

一杯酒里四周山， 杏树枝头月半弯。

小院花香陪落坐， 清风共我醉千般。

长征街深夜饮冰啤

醺醺以后更疏狂， 傍路灯光混月光。

暑气炎风蒸夏夜， 核桃树下有微凉。

七夕

葡萄架下望牵牛， 垂地长河淡欲流。

此景渐谙双鬓白， 此生离恨几时休？

初至药都安国

药香芬郁漫天流， 药草花开醉晚秋。

药膳纷呈千百味， 药王长佑古祁州。

定州

千年雪浪石中流， 一道唐河润此州。

才气坡仙挥洒处， 诗情无限涌无休。

定州文庙东坡双槐

两槐虬立一千秋， 文气悠然定此州。

赤尾霞光生殿角， 老枝挥洒画中留。

愚庵愈堂张哲三兄邀游白鹿温泉不赴二首

其一

黄鹂三请意悠悠， 辜负寻芳胜日游。

白鹿泉声颇问我， 烟波江上几时休？

其二

泉汤那日好温柔， 洗去风尘劝莫愁。

已恨素衣缁渐半， 依然闹市苦羁留。

雨中过花溪谷树桥公园

古老慈河面目鲜， 房车天下聚明川。

太行山送牵丝雨， 水墨洇开万岭烟。

芒种前日访建强村居

雨去晴来试酒盅，　　低垂杏子石榴红。

平畴麦涌黄金海，　　清夏田宜望岁风。

与诗人霍俊明石门聚饮

吟啸狂倾酒满杯，　　相逢一笑气崔嵬。

太行山下滹沱岸，　　依旧鲜衣怒马回。

注：霍兄昔曾负笈石门，立雪陈超先生门下，后于京师求学、工作。今夏回石，与易卫华等诸同学夜饮甚欢，予叨陪末座，诗以记之。

赠马明博

斯世同怀岂易寻，　　渺如沙漠拣黄金。

善根增长因缘具，　　为有灵犀一点心。

鼓山晨眺

鼓上高楼坐翠微，　　朝阳为戴粉红围。

青山峭峙凌天际，　　白鹭随云出岫飞。

天姥山一念

未到人间苦不知， 御风天姥乍相思。
谢公登眺千年后， 我入青莲梦里诗。

长诏水库即景

养马坡前放鹤峰， 沃洲禅院晚来钟。
桃花竹外当春发， 映入烟波一万重。

东岇山怀古

双鹤双飞去不回， 摘星庵塔已成灰。
千年往事岇山记， 隐者怡然对酒杯。

刘门山迎仙桥遐想

失路刘晨老泪垂， 阮郎何处觅阿谁。
娇尘永逝蓬山杳， 剩有清风日夜吹。

穿岩山秋望

罗列翩翩十九峰， 穿岩窈窕若苍龙。

岭头千缕红绡动， 一抹晚霞秋意浓。

首届院士诗词会议感赋

滚滚诗潮涌向前， 沧浪旧见已成烟。

人文科技相融日， 理趣新裁锦绣篇。

初夏雨中登花溪谷

峻岭山花戴满身， 急流飘洗净无尘。

清溪暗涨湖心绿， 细雨凌空乱逗人。

花溪谷跌倒后作

栈道摔沾水满身， 蹒跚步履不由人。

可能一醉花溪雨， 或许风光看入神。

与赵建军杜志勇同车赴花溪谷途中

要眇千山薄雾匀， 商量疑义素心人。
疾车撞破当头雨， 峭谷奔飞遍野春。

过王阮亭双松书坞

春草池边觅旧痕， 双松屹立石舫存。
渔洋已自先低首， 我拜渔洋一代尊。

观禹之鼎绘王渔洋蚕尾山图

四远空烟看写真， 那时风景那时人。
勾描点染湖山活， 气脉潜通韵外神。

上门关驿道怀古

三省雄关扼土门， 韩侯背水定乾坤。
插天千岭羊肠道， 犹记乘风万马奔。

过河间

春晚瀛州花笑我， 夭桃粉帐罩人头。

连天幼麦郊畦绿， 遍地毛诗海畔讴。

元宵望月

墙角梅边踏月时， 浮香疏影暗相移。

人间大疠消除尽， 共此团圆一赋词。

冬月初九记梦二首

其一

幸得翩翩假我身， 一姝婷袅美无伦。

青眸屡作逾墙顾， 应是前缘未了人。

其二

我去青丝汝不嫌， 展舒眉黛在风前。

愁予眇眇天香降， 长恨当时未比肩。

盼雪步韫辉诗丈韵

暮日山头残赤血，　朔风吹似箫声咽。
雪花犹待漫天寒，　普向人间飞玉洁。

春暮

独坐江皋絮满头，　春光无限看将休。
须臾老泪风前落，　十万桃花付水流。

洗牙随感呈刘丽医生

浮云点点散均匀，　恢复原来皓月身。
唇内青春谁管得，　不辞辛苦洗牙人。

早春西山登眺

一天蓝玉暖阳烘，　枯草横生石隙中。
伫立高巅何所望，　太行春早野桃红。

读余来明《从南京到北京》

纸上寻幽笔下裁， 帝王心事费量猜。

朱家永乐千家苦， 亡去兴来俱可哀。

狄希佳酿

举盏能消百岁忧， 抽刀敢断一川流。

三千年后中山酒， 醉了春天醉了秋。

中山松醪

定州佳酿赛神工， 赋入东坡妙笔中。

一口醪香香透骨， 齿颊千日满松风。

湾里庙步行街

往复人潮肆意流， 欢声荡漾遍街头。

霓虹远映天高处， 溢彩凌空舞不休。

筷子

久在山洼驻此身， 成材幻梦岂成真。
伤心却向盘飧指， 梁栋缩微入嘴唇。

送马明博兄游泾县

素衣南向品蛮笺， 潭水深深映碧天。
落尽桃花空一见， 踏歌人在白云边。

题一音禅院赵州茶亭

云幌当窗碧水边， 有声丘壑却无弦。
鸣箫一曲分茶后， 查济晴空月满天。

观一音禅师吹洞箫

竹影波翻梵海潮， 清风卷地入僧寮。
曲中无事阿罗汉， 独饮千江月一瓢。

观愚庵兄一音禅院斋堂掌灶

半山烟袅起晨炊， 蔬饭香清做者谁？
来去偶然烧火地， 大千缘法自相随。

观一音禅师桃花潭畔吹洞箫

箫声作伴草虫鸣， 万籁无心送有情。
人在桃花潭上立， 千山镜里御风行。

呈泾县一音禅师

八孔长箫只一音， 月明吹彻老松林。
古村安住应无住， 满目青山隐者心。

赠查济半山一音禅师步刘墨先生韵

九曲溪泉未闭关， 竹边禅院几回湾。

箫声起处涟漪动， 应照无声月满山。

附刘墨：别一音禅师，兼呈诸友

满院松风自掩关， 紫箫吹月绕溪湾。

白云深处师何在， 才了经书又画山。

刀郎新曲步海亮韵

寥廓山歌动九州， 可能心底郁深愁。

聊斋异代多知己， 冷语荒唐唱不休。

督亢涝

屋舍犹余半存， 左邻无处觅童孙。

渐枯苞米淤泥下， 旷野农夫洒泪痕。

咏哥舒翰

尽去西忧仗剑还， 岂知东向败潼关。

临危掣肘悲无奈， 廿万征人共一潜。

中秋

共看银蟾海上升， 共吟佳句会亲朋。

共浮杯里乾坤白， 共赏天涯咫尺灯。

呈印禅长老

翩然阳羡一诗僧， 纸上烟云笔下升。

合掌宝山禅寺内， 黄龙振起再传灯。

注：长老乃常州人，驻锡江西修水宝山寺，以兴复黄龙禅为己任。

附印禅法师：原韵次江合友吟长所赠绝句，时维癸卯冬至

三世行吟似老僧， 前身明月与云升。

相逢即发嘤鸣响， 仰止为君夜挑灯。

安国药王庙

铁树旗杆铸铁龙， 生民自古拜邳彤。

药王灵应神州遍， 但有祁人是敕封。

冬日偶见

儿童岂惧雪皑皑， 端坐风中戏卡牌。

鼻底飞流成瀑布， 心花怒在两边开。

癸卯除夕

深更饮罢醉村头， 节庆光阴似水流。

鞭炮声中无一语， 倾杯未敢说忧愁。

村居除夕

西楼住我妹东楼， 年味村中肆意流。

夜半扶归憎醉里， 烟花开过老人头。

咏兰，末句用小女柔儿语

秋风一夜动芳华， 照壁孤灯倩影斜。

开在眼前生妙景， 美于心里是兰花。

甲辰正月十三冰雪漫天步印禅法师韵

临池呵雪感愚顽， 笔下清风一夜还。

点滴僧庐听雨后， 梵音仍旧满山间。

附印禅法师原玉：甲辰正月十三晨起又见冰天雪地口占

吹冰呵墨忍寒顽， 不解春风久不还。

听雨年来三百遍， 才知到此是人间。

甲辰正月十四日步印禅法师韵

黑林绝顶岂忧心， 无畏施时无敌侵。

看破雹冰皆泡影， 雷鸣何处染佛音。

附印禅法师原玉：甲辰正月十四凌晨停电口占

林深山黑易忧心， 夜半雷鸣寒倍侵。

倘若西风知我意， 明朝雹雪远梵音。

赠河北鹅池诗社

万里征行一卷诗， 新河惟有宋鹅池。

高名未许须臾忘， 桑梓人才竟日滋。

栾城早春

荠菜花头着几回， 野蜂晴日感荣衰。

梅残柳细原田绿， 生水洨河一片来。

孟春登滕王阁，印禅法师恰住阁边大厦高层，同揽胜景而不遇，乃慨然赋之

浃汗生时到阁头， 山僧俯视在高楼。

丘原绿浅沙洲远， 共看初春赣水流。

春梦

街灯俯照花儿脸， 花对良宵恨太短。

今日薄情轻别离， 一春风雨何时暖。

龙抬头前夜正定城赏花灯

鱼龙变幻古城头， 花树春宵放未休。

四塔参差遥一望， 华灯竞处彩云浮。

二月二

青云起处跃龙门， 阔野徒留水上痕。

吉日抬头偏数偶， 宜乾气象也宜坤。

诗人建强五十一岁寿辰

天命人生老更衰， 而颁慧剑斩殃灾。

春挟虎气催花放， 更遣龙吟月下来。

注：甲辰龙年作， 建强生肖属虎。

甲辰春分后一日步印禅法师韵

欲请香化觉却无， 此心安处有箪壶。

一施二忍三精进， 渐共禅踪到坦途。

战雄父遽尔故去不及见儿最后一面痛悼无已

山楂吐蕾待开花， 游子缘何戴孝麻？

火急归来空院落， 春风生死两无涯。

暮春晨兴偶见

右舍穿麻左戴红， 此悲彼喜岂相融。

欢声起处邻哀乐， 墙角薇香自始终。

咏修水大湖山竹

自身青罢更青山， 自上青崖便不还。

自把月光披一地， 自投青眼白云间。

七 律

登滕王阁五首

其一

翔集翩然屿上鸥，临江阁里拜旌旒。

孤篇赋序名恒在，万种烟霞气日修。

故事千年虽异代，初心一片可同谋。

凭高眼见天空阔，务必言行去悔尤。

其二

滩名红谷变遐州，对面江浮百万楼。

天地忽从无到有，人间未许水空流。

泯然俯首高何在，已矣凌风独自留。

兴废频如云讨眼，是谁仍旧想千秋。

其三

破水行舟半晌游，章江两岸望中收。

流清倒映今时赏，辞夥难消昨日酬。

秀色满天红萼放，氤氲闹市绿波浮。

自知风景参差变，再上高楼伫未休。

其四

楼台再造千秋后，　胜日登高用九牛。

四美并来迷北客，　一江流去引东瓯。

水生红谷初春岸，　蒲满裘家浅翠洲。

触处雕梁飞逸兴，　萦回我自绕三周。

其五

高阁凭江翠色幽，　登临此日欲何求。

楼兴楼圮千年事，　人去人来万古愁。

秋水长天犹可眺，　桑田沧海岂能筹。

春风乍暖还轻冷，　吹绿悠悠老渡头。

熊东遨先生评曰：连珠妙作。

西溪湿地漫步
其一

花开十里独行迷，　尽赏春深众鸟啼。

遍野鼓蛙歌曲径，　一天烟雨落清溪。

迎人送绿垂杨立，　入眼凭风画舸低。

大许坡翁杭郡美，　江南胜地好同栖。

其二

溪畔寻花春野阔， 芳丛偶过小青蛇。

御风鸥踏千重浪， 凝翠湖浮百万葭。

人醉画间饶有兴， 日斜船上响鸣笳。

颇思买酒云边去， 此意当年或未赊。

大雪拟白体次徐铉韵

霾消雾去冷风斜， 雪外高轩独品茶。

盐落枝间镶玉箸， 叶飘湖上点枯霞。

红泥小火曾三请， 白酒衰翁醉又加。

只向知音倾远志， 浮生何必想荣华。

潬南大雪后作

粒粒空蒙舞聚时， 侵寒厄酒亦难支。

儿童误喜梨花满， 媪叟真惊鼠步识。

不买新蔬因路阻， 缓呷陈洱放心驰。

断枝还踏轻冰裂， 道有痴人又费词。

晨兴记梦戏呈马愚庵并序

壬寅孟冬廿日夜,梦与明博兄游。二女忽来相随,白衣者瘦,紫衣者肥,姿色艳丽,自云从国营水泥厂来。白衣笑容妍媚,邀兄移家其厂,有广厦储书,最便作家。紫衣更曰:"窗明几阔,著书怡然。"予亟劝不可,以文运在城市,不在乡野,莫贪其便。寤后梦境历历在眼,讶然异之,乃作此律。

明明六趣入华胥, 相并征行弃马舆。
肥瘦双姝真妙有, 水泥一厂好宜居。
白云充栋应随我, 紫笑当窗必有书。
戒尔老兄留勿去, 大千觉后尽空虚。

白头

人生莫叹老垂垂, 襟抱幸余知己知。
嗟尔烝民轻喋血, 怒其蚕茧乐缠丝。
谰言满地开花后, 嚚昧掀天结果时。
春水东流何处去, 白头空赋短长诗。

大暑

时倾大雨午云催，燠溽逼人朝暮来。

腐草蚊生林隙影，凭空日爇瓦头灰。

水多飘曳牵风荇，土润潜滋隔夜苔。

浃背长流安坐汗，抛书狂覆冷茶杯。

夏日过金阁寺遇雨

金阁凌空百丈高，恍如楼舸泛惊涛。

万重青绿沉浮布，连岭虬松上下毫。

殿宇香云环大佛，莲台净水洒平皋。

清凉急雨盈天际，绡雾无声湿客袍。

玉华寺后院谒信行法师

手种时蔬翠叶肥，阳光房送夕阳归。

闲来鹿绕层林染，过去心随暮霭飞。

一缕凉间生法妙，千山静里孕禅机。

寮前月色清如水，沐手拈花傍紫薇。

谒赵南星祠堂

芳茹园里紫薇开， 翰墨香围大业台。

如意千秋凭铁去， 忠魂数缕御风来。

祠堂像赞当时事， 檐角尘生此刻苔。

一代正人吟眺处， 鄗城桑土久徘徊。

注：赵南星，晚明高邑人，官至吏部尚书，东林党魁之一。耿介敢为，崇祯初谥号"忠毅"。曾命工匠张鳌春制铁错银如意，正面错铭曰："其钩无鐖，廉而不刿，以歌以舞，以弗若是，折维君子之器也。赵南星。"背面错："天启壬戌年制。"清人尤侗评之为"一代正人"，牌匾现悬于祠堂正殿。

过千秋台

筑台光武自登台， 再把千秋汉业开。

不道捕之高邑祝， 凝旒美者洛阳腮。

青榆垄上依依立， 紫气天边郁郁来。

故址晴原行已遍， 西风落日满苍苔。

注：据范晔《后汉书·光武帝纪》载，公元二五年，刘秀于鄗南（今高邑）千秋亭登基称帝。有《赤伏符》曰："刘秀发兵捕不道，四夷云集龙斗野，四七之际火为主。"

病怀

人到中年百事休，于无人处有深愁。
泼天意气随时减，悦目烟花付水流。
开口痴顽才一笑，低眉老病已三秋。
相争蜗角贤愚竞，棒喝何如弃此牛。

题"天地吾庐"朱印

天边云相幻楼台，地上莲花眼下开。
月色扶疏姣影弄，霞光解散美人裁。
吾观无即山川逝，庐纳空为造化来。
朱迹翩然方寸大，摩崖一夜满青苔。

贺龙社八周年

黑龙江畔透天香，龙社扬帆渐远航。
一等才情倾翰墨，四时风雅唱乡邦。
翔鸥呦鹿多成阵，怒马鲜衣早著行。
八载韶华颇悦我，吟佳句似沐阳光。

游安国谒邢泽兄

赴古祁州访愈堂，　神怡百草遍流香。

瑞烟祠宇深揖拜，　药膳唇间细品尝。

一样朱颜聊忘我，　十分霜鬓且飞觞。

襟怀开到苍穹阔，　暂去浮生各种忙。

药都安国

百草荣滋种满园，　四时风景美无言。

春生薯蓣藤千本，　秋挂瓜蒌串万根。

贸易古今开集市，　东西来往竞晨昏。

药经安国香天下，　德秉仁心润子孙。

癸卯严冬惊闻扬州大学刘勇刚兄即世

骤起邗沟柳絮花，　因风压断茂松椏。

弦歌易辍情难尽，　大海无边命有涯。

飞鹤云间真去也，　诵吟台上忍停耶？

壶中烈酒今何在，　好酹江皋月半斜。

注：兄著有《云间派文学研究》，金庸曾为题词"云间飞鹤，既勇且刚"，极得意，言必称之。昔江门诗教会议，与予夜话

甚酣,曰:"我的心中有大海。"雅擅吟诵,颇自负,怀中常置烈酒一壶,告予曰:"素不善饮,吟诵前来上两口,便能物我两忘,此吾独得之秘。"孰料年五十四遽归道山,岂不痛哉!

雪霁至洲润酒店顶楼花园访振峰兄赏白梅

翛然自在古栾游, 鸥鹭翩翩聚小楼。
冰雪半空飞岁尾, 梦魂千载想罗浮。
吋香气乾坤发, 万里春风造化留。
疏影斜枝相看久, 相携并赏月当头。

石家庄北国跨年气球雨

跨年消息遍街坊, 千股人流汇未央。
赵女如云香鬓影, 气球随处挤楼房。
齐声倒数乾坤震, 亮眼烟花远近扬。
大喜相逢夤夜堵, 青春此刻美难量。

题宝山寺牡丹步印禅法师韵

春光虽浅却无涯，　催动生机到佛家。

无数花香空世界，　三千蕊浪等恒沙。

已裁罗绮千重粉，　渐涨烟云一簇霞。

大美能拈禅意在，　山僧顿悟牡丹夸。

附印禅法师原玉：甲辰新正宝山寺大殿牡丹盛开，乃赋七律

春风何事向天涯，　或听禅机梵呗家。

古殿来时惊俗眼，　明台曳处洗尘沙。

经旬粉色开如盏，　满树流光灿似霞。

应是仙山修九转，　拈花一笑释迦夸。

春日印禅法师自洪来石步韵以赠

一日行踪过九州，　禅心刹那去悠悠。

城中树破枝头绿，　河畔花开月下楼。

新岁人来归好梦，　旧居梅谢惹深愁。

浮生聚散无常事，　也在春天也在秋。

滹沱河踏青

暖阳初放试单衣，　闲踏平原翠草微。
冰解成波浮野鹜，　花开笑我得先机。
偶然越岭烟云散，　漫与黏天纸雁飞。
滹水潺湲东去杳，　苍茫暮色遣人归。

词部

玉楼春　己亥上元谒石马寺觉性禅师

春风春雪凝春冷，鼓磬悠然溪上应。经声朗朗谷间行，丛篠灰墙清且净。

箴言茶趣尤相称，一切安排天眷命。人生转瞬等回头，何必徘徊伤自性。

凤栖梧　雄安淀村漫步

淀里依稀烟袅袅。鸡犬声来，黄苇环村岛。轰响机帆惊拂晓，白波摇荡青青藻。

闻说明春迁去了。闹市霓虹，彻夜殷勤照。窄巷苍头微懊恼，童孙却自迎风笑。

渔家傲　白洋淀雁翎队展览

粗陋抬枪都锈了,扁舟残木沧桑貌。游荡当年骁勇闹。芦苇绕。保家浴血杀强盗。

遥想淀中鸣火炮,雁翎儿女青春好。万顷清波推短棹。丹心照,汗青留取渔家傲。

朝中措　白洋淀荷花大观园三面观音

平安智慧并仁慈,绿水映清姿。三面遥凌广淀,无边遍照明晖。

莲花百种,大观造就,普度能期。香远益清时节,座前霞鹜齐飞。

貂裘换酒　白洋淀

怪道词心懒。瞰清波、层层摇漾,此情悠远。广淀春来风梳苇,麦秀村庄隐现。烟幔里、扁舟消遣。四美齐全二难并,恰好音盈耳明眸盥。凫鹭起,羿空半。

迷茫总是人间眼。向黄芦、无边湿地,雾飞云散。吃语叮咛凭何据,旧事纷纭感劝。都忘了、樽深梦短。醉后重逢垂柳岸,更满天花絮翱翔遍。执手罢,会相见。

绕佛阁　老龙头海神庙

历澜四敛。衡宇耸丽，天后宫殿。骋目怀远。但闻晓籁和鸣响无限。

海平波浅。檀气溢久，风骤香满。铃语摇颤。壁间御笔龙蛇走凭岸。

镇海算千载，石柱牌楼倾复建。桥下细沙绵绵都洗遍。但迥迥神灵，要渺难见。素心凌乱。似浪去潮来，频起频散。到而今、是何凉暖？

绛都春　娲皇宫

危崖吊庙。瞰据险壑深，悬空飘渺。第一壁经，奇绝银钩长环绕。摄涵灵秀山川好，又渲势、群峰倾倒。女娲炼石，青天补就，此情幽杳。

多少。离宫筑罢，却曾是、转眼兴亡纷扰。福地护持，依旧沧桑浮云老，还看漳水斜阳照。且叹赏、活楼瑰宝。更临耸翠阑干，暮钟听了。

鹊踏枝　北响堂山石窟

手镌崖龛深若许。法相圆融，衣带玲珑睹。漫壁经文书质朴，千年真迹存如故。

窟隙洞穿光到处。一束慈悲，一束飞尘土。无量高台金满路，鼓山中腹斜阳暮。

如梦令　初至邹城孟子故里

掠眼峄山驰骤，春浅平原清瘦。孟府仰瞻时，正气浩然淳厚。还又。还又。苍翠柏松前后。

浣溪沙　赠古榆乔海光先生

关下闲庭倾盖过，不辞纵饮醉颜酡。山风海浪舞婆娑。

世事百年终若此，人生一梦所期何？与君相对好怀多。

凤栖梧　山海关闲庭

第一雄关关下住。关下闲庭，淑景频繁顾。漫眼园林精妙处，江南烟水池塘树。

四壁银钩垂洞户。墨迹琳琅，流韵空中布。美酒一壶倾客主，海天摇荡松风怒。

望远行　悼岳父

阴云聚雨，清风送、点点莹珠飞下。掠过窗口，滴向腮边，最苦我家今夏。笑语鲜新，犹在眼前浮动，弹指瞬间空也。总难忘、长夜厅堂对话。

真假。炎暑最宜养病，却驾鹤、御风潇洒。几度抱扶，凤宵恐惧，弦断猛然惊讶。须信灵魂行远，经声延请，净土楼台亭榭。望一轮皎月，光明尊驾。

附江合友：全国铁路劳模胡公墓志铭

公讳计长，晋县人。癸巳五月十八生。家世务农，少颖悟，背诵为能，文革失学，初中肄业。己酉以乡荐，招工而入铁路。业电工，职于石家庄铁路建筑段。素勤谨，所辖片区，零事故率，嘉奖累岁，誉满段局。千禧明年，主席巡石铁，供电保障，公负其责。甲申八月，荣膺全国铁路劳动模范，路局巡讲，惟涉实务，质朴无华，听者叹曰："此真劳模者也！"性淳俭，不喜浮华，与人为善，扶小助弱。犹擅聊侃，声若洪钟。善信佛教，戊戌四月皈依于昔阳石马寺，法号昌计。己亥六月十四日以胃疾往生，世寿六十有七。娶栗村任秋珍，生独女曰宪丽，山东大学博士，适河北师大教授江合友，生男曰鼎安，女曰宜坤。铭曰：

皇天眷顾，不稼不耕。跳出农门，命易运更。克勤克俭，事业日成。国之模范，守电安宁。家之山岳，不履于倾。朴实其性，真善其行。百誉发耀，众播其英。居士其身，远越诸冥。净土往生，观音见迎。子孙蕃昌，永记令名。

貂裘换酒　感怀

仿佛桃花岸。踏歌声、悠扬凉暖,曳摇星汉。水上风光多寥阔,仍是长天鸥满。杯盏动、何方笔苑。曩昔宾朋谁来此,又殷勤、翠幄开张遍。酒尽也,意难断。

潆南十载徘徊惯。便翱翔、二三知己,故人都换。圆缺阴晴由看罢,世事浮云梦远。见说道、峰回路转。霾里心情霾外有,更那堪、灯下擎黄卷。且忘了,那坟典。

浣溪沙　西昌飞机降落写望

满目峰峦漾跳波,云衣浅处现婆娑。邛湖盛水一杯多。

穿雾斜阳窥远市,交痕细路印青螺。伊人凝伫有梨涡。

如梦令　邛海湿地乘筏

照影青山烟笼，丝雨无边飞共。过尽藕田时，讶道柳牵菱拥。相送，相送。水上荇花香动。

满庭芳　邛海

云锁青蛾，烟遮秀面，养在幽窈深闺。鹭停鸥戏，时雨日霏微。洗得清妍若许，闲伫立、不语还思。泸山下，周遭地陷，绿水漫参差。

依依。临海岸，轻螺照影，顾盼东西。恍身到蓬瀛，草树萋迷。邛国越嶲往矣，千载后、已焕新姿。丛楼密，画屏星列，渔艇荡朝晖。

菩萨蛮　西昌

古城新貌依邛海,青泸岭上披云彩。山水好相融,登临自古同。

冲天飞火箭,揽月翱翔遍。河谷号安宁,彝歌响不停。

满江红　彝族火把节

惊破天门,环泸岭、星飞斗落。邛海畔、倒垂山色,劲吹彝乐。遍野黎民都举火,漫空光焰咸飘烁。长夜里、片片弄炎龙,浑无着。

来远近,窥隐约。除众秽,驱诸恶。祈年丰人寿,老天相托。蒿把高擎游且蹈,细篸低舞奔旋捉。朵洛荷、篝火尽相围,殷勤作。

玉楼春　西昌观火箭发射

山鸣谷应浓烟起,一箭腾空云雾里。冉冉飞升看分明,巨火中烧喷在尾。

欢声四涌如潮水,激动莫名夸壮伟。太虚能度亦能游,岂令嫦娥专此技。

玉楼春　泸山光福寺

依山面海庄严最,殿宇鳞排泸岭内。松风遥送鼓钟鸣,汉柏千年犹不废。

虹桥越过烟云队,经咒声声圆妙味。画屏闲展美西昌,一个猢狲听法会。

鹧鸪天　邛都汉晋古城遗址

四野青纱草树齐,废垣夯土蕴余悲。铜驼几见榛荆换,铁马频经血泪移。

前事远,故城稀。汉唐功略有谁知?而今空做沧桑叹,但惹行人笑我痴。

清平乐　己亥

腤豚日贵。市近馋兼味。闹嘴小儿新堕泪。一霎心酸腹诽。

空弹何止无鱼。门前蚁战如荼。看客山呼日好,依然风景当初。

清平乐　忆昔二首

其一　暑夜

竞奔硕鼠。一夜梁间舞。睡起更阑听骤雨。湿稻高堆障路。

指根新茧初成。怏然书费无凭。希望依稀尚在，镰刀齿上光明。

其二　交学费

轻含霉味。触手千斤贵。鼻皱怪声嗔倒胃。我自心头鼎沸。

宝钞曾匿陶缸。赖他安稳农忙。泥水匆匆拭罢，归来梦里寒窗。

念奴娇　叠韵三首

其一　烟

吐云吞雾，对持残灰粉，笑生眉角。暗夜红光飞斗室，情绪微醺的确。稳胜巫山，新游洛浦，恍入桃源郭。一支擎手，便称人世至乐。

呛到肺腑深喉，苦中妙趣，此意谁知着？自谓几番须戒去，又恐怨怀无托。拂晓清神，深宵解困，键上繁音作。百年声价，只如烟卷烧却。

其二　酒

骑鲸吸海，渐冰壶隐现，桑田边角。痛饮狂歌惟意兴，量窄谁能严确？庐瀑声喧，狄希香厚，沉湎青山郭。故人庄上，正宜弦索酣乐。

玉液火辣喉头，红鳞漫展，身外浑无着。总向苦中求一快，病酒昏懵难托。岂料明朝，都忘今夜，蝶梦偏偏作。翛然何处，此心依旧迷却。

其三　咖

那时迷惘，羡香浓槛曲，烟腾楼角。十载倏然弹指过，邀约而今明确。深色咖汁，浅醇糖奶，望处遥城郭。不堪回首，耳边犹响音乐。

既苦且涩唇间，舒徐闲适，片刻廉纤着。拉扯东西都已尽，旧意如何依托？阶下苔滋，风中莺老，悲喜相交作。举杯轻啜，万千心事抛却。

青玉案　初雪

林梢绾玉天阴久。一白乍、冰封又。人去盐飞随左右。暗香催老，华年生垢，懒近梅花嗅。　　月光曾照当时某。漫地凋梨积深厚。清梦无边虚付够。青春都在，蓦然回首。落絮如云骤。

菩萨蛮　澳门夜色

丛楼笋立霓虹落，香山一澳光斑驳。海上泛桃花，巨舟穿浪斜。

玉蟾沾锦绣，濠镜开张又。空阔杳纤尘，疏星窥远人。

汉宫春　澳门回归廿周年次陶原珂先生韵

海镜澜平，映通天灯火，不夜风情。楼高鳞次，霭烟飒飒危亭。三巴伫立，炮台巅、一望休宁。葡韵点、熙熙街市，霓光闪烁丰盈。

廿载归来无恙，更繁荣拓进，新貌澄莹。桥通八方四地，前路昌明。峥嵘气象，动神龙、景胜蓬瀛。妈阁佑、涛轻舟稳，湾区故事倾听。

临江仙

夤夜终风兼苦雨,西窗暗自销魂。悠哉反侧想花辰,好逑何处有,月老等封神。

炎夏全城开月季,红黄白紫为痕。生如蚂蚁事曾闻。梦来槐下国,翻似烂柯人。

惜红衣　庚子上元

阒默银花,阑珊巷闾,闭门今夕。夜冷羹残,城空少欢席。愀然独坐,聊远避、亲朋痕迹。狼藉。害气袭人,怕天南消息。

庭间柳陌。琼镜流光,梅枝影岑寂。凭窗骛望故国。渺冰魄。痛惜水边山外,瘴里死生经历。问甚时驱散,魑魅永无来日。

孤鸾　汉河上巳

禊修芳郭。叹独对澄江,践年年约。陟彼河皋望,阒静满春陌。全城遁形远世,只苍茫、乱飘棠萼。细数林间霰糁,正一声干鹊。

想当时、无算轻舟泊。尽雪颈燕娃，鬖鬖香落。逝者川流也，剩空空沟壑。千街万衢若此，漫纠缠、喜忧哀乐。且向斜洲把盏，吊飞花精魄。

菩萨蛮　庚子清明

柳花风里梨花落，晓寒料峭闲池阁。烧祭一时停，人因文业惊。

簿多新录鬼，性命交芦苇。雪片漫晴天，声声啼杜鹃。

满庭芳　咏绣球花

彩绣抛闲，团心绽乱，暑气催动花开。溽风微摆，葶送入眸皑。闻道清凉百束，围水殿、玉质琼胎。环佩响、依稀月下，姊妹与之偕。

萦怀。三载事，前情去矣，何苦来哉。叹如幻芳丛，过眼尘埃。漫抚皓颜雪样，流连处、冷热违乖。醒残梦，千山妩媚，万里翠无涯。

望江东　庚子无题

棘枳青葱掩菌桂，渐遮断、晴川水。转喉鹦鹉自鸣起，倩谁辨、羞和耻。

椒瑛有幸为天使，月盈室、驱瘟疠。可怜赘蓁僭同矣，涅污入、泥沙里。

菩萨蛮　庚子春分

气淑阳曝春光好，美人初脱箍腮罩。杨柳又如烟，纸鸢飞上天。

海棠飘若血，老子殷勤说。韭麦遍芳郊，东风似剪刀。

声声慢　龙泉湖湿地蛙鸣

梨云送雪。桃焰燎风，池塘处处镜澈。幼蚪沙边摇尾，短蒲齐列。群蛙两部奏弄，为唤醒、扑香蜂蝶。空旷漠，只西山、峻岭偶然相瞥。

旧日江南时节。长梦里、依稀鼓声清绝。黛瓦衡门，结伴可人晓月。萋萋草青稻翠，怅当年、聒耳话别。又阁阁，叹过眼花落一叠。

满庭芳　土门关驿道

秦晋通衢,两千余岁,是处依旧雄关。右藩畿辅,河朔气巍然。相峙螺峰抱犊,昔曾见、背水烽烟。东西扼,古陉弥望,风洗故山川。

潺潺。横笛奏,当年雨夜,此际晴天。喜楼阁清嘉,驿道新颜。过往行人接踵,向朗月、谈笑联翩。真陶醉,数行灯火,暖意遍城垣。

减兰　悼津门王学奇先生

汉卿青眼,撰著劬劬插架满。学到如愚,百岁童心看有无。

三春驾鹤,月照花林霜霰落。涕泪津门,枨触仙翁履迹存。

木兰花　咏韭香水煮肉片戏呈南兄江涛

江湖水煮青青韭,肉粉椒红塘半亩。蜗居横溢蒜泥香,恰是响油初沁透。

老妻矜允能沽酒,麻辣嫩肥鲜味厚。城隅羁勒学庖厨,苦恨新来衣带瘦。

少年游　蔡国强词翁生辰次韵

读书日恰最佳辰。逾甲子、芒头人。不迷前事，惟耽今日，亲近纸间尘。

儵游绩学犹余恨，娑婆界、少淳真。静谧西湖，妄嚣东海，消息到残春。

附蔡国强先生原玉：少年游

今天老子是生辰。恰一个、读书人。身长八尺，才余两斗，从不忌诸尘。　　人过六十无游戏，勤熬夜、喜寻真。苍山对老，青溪踏遍，谅不负残春。

水龙吟　孟夏感赋

猛然听堕残阳，赤姑苦竹啼呼断。寻常喻日，纷纭夸父，泪流江满。都瘦嶙峋，独宽头脸，升平歌粲。但夜图翻墨，差同围外，凭魑魅、奔缭乱。

厉禁柳边哀怨，静勾阑、万声弦管。苍龙六纪，白云千载，斯须长叹。除遣摩罗，致新山海，煦风来浅。正匆匆又是，春归夏启，许凡夫愿。

解语花　桐花

廿余年前，居瓷城，嗅桐花之香，其味钝朴，颇赏之，人皆不然。予愿咏之，而力不逮。庚子春暮，避疫石门，院侧有巨梧数本，花束初发，茂覆路畔，风中弄影。乃赋此解，偿夙愿也。

凝瑶粲秀，刻紫开心，春晚葐蒀永。市街投影。斜阳下、曳尾余霞低映。亭亭高挺。偶赵女、半回芳颈。伫仰间，夜幕垂垂，四面微灯耿。

还记当时风景。挂寒蟾一抹，千束持秉。钝香亲领。分襟处、无数茂枝娇梗。明眸炯炯。曾却了、黄鹂三请。恨畴年，凋尽繁云，刹那河桥冷。

施议对先生评：描摩物态，曲尽其妙。咏物形，体贴入微。咏物理，出神入化。寒蟾一抹，分外含情。难得之佳构。

金缕曲　挽南开罗宗强先生

千古文章大。治纷繁、士人心态，溢光流彩。魏晋隋唐思想史，字字珠玑堪采。业炳烺、八方引介。学海书山都稔尽，属华辞、简册牛车载。椽笔下，又羗稗。

仁翁遽去遗嗟慨。乍鲐龄、超凡入圣，驾乘青霭。薪尽火传相继矣，文苑巍巍岱泰。纶扇举、昭扬天籁。旧迹清波余韵永，仰流风、镇日来津海。鸿篆巨，递千代。

意难忘　庚子初夏

溽水漫漫。望緗蕤皎洁，芦苇婴珊。幽芳惊渐杳，黄杏乍还酸。弯月悄、照无眠。正河映长天。耿相忆、枷城旧事，处处阑干。

劳劳都付深渊。算数茎青鬓，半度霜边。翻云欺逝鸟，覆雨弄飞盘。人去也、落星繁。更好景谁看。叹从来、蔷薇易谢，毕竟难安。

侍香金童　庚子端午

太行皴裹，浓淡阴云密。又闭锁、墟城添湛寂。衢大槐青飞雨滴。不见垂杨，也无羌笛。

记寒蒲正碧。萦村溪水急。惹梦里、徘徊曾叹惜。此刻情怀何湢测。挂艾香喷，那时灰壁。

金缕曲　悼吉大王昊兄次词隐翁韵

午梦依稀在。怅心宽、体胖依旧，醒来烟霭。濠镜三番曾携手，把酒今秋拟待。遽驾鹤，青山敛黛。绿蚁空余红炉火，恁徘徊、竟日生悲慨。愿吐诉，信和赖。

焚香沐手遥相拜。想当时、笑言敦厚，曲词删改。绮绩文章年少就，极服多添妙采。愤悱启，如何能再。讣讯流传惊且惑，未忍听、魁四归天界。祈毅魄，破壅碍。

附施议对先生原玉：金缕曲　王昊贤棣千古

贤棣今何在。望辽天、雁行没处，沉沉暮霭。记得端阳曾邀约，词会明年期待。登太白，遥山分黛。又记旧章同斟酌，寸心知、反覆相嗟慨。襟抱豁，吾其赖。　　扎西德勒礼三拜。见如初、谦谦自牧，恬然无改。渊海胸中堪重任，首发笔端奇采。共濠上，观鱼至再。昨夜忽然传噩耗，信未能、难划人天界。生与灭，俱无碍。

愁春未醒　淖南立秋

凉风急雨，望处笋簴榱题。渐凄切、寒蝉时节，杨柳低迷。莽树披离。卖声悲苦间娱熹。马龙依旧，车流再度，攘攘街西。

休对太行凝黛，休怀渊意遐思。就杯酒、颓然都忘，理乱机丝。确幸零稀。一朝万感自鹄矶。石鲸鳞甲，绣柱朱阁，芳草长堤。

箜篌曲　庚子中秋

横岭列如屏，稀疏三两星。正月明、云淡风轻。久对玉盘心事迥，更谁唱，踏歌声。

寒意入帘旌。最难将息情。且滹沱、岸上徐行。待捧清流浇桂子，亏与满，共凄零。

卜算子　吹风机

一握动飞蓬，对镜殷勤理。凉暖无端鬓上留，苎雨丝丝坠。

凭汝好梳妆，占汝风头几。抛却流光幸汝知，发际新来退。

鹧鸪天　枫叶

一夜西风点火红，寒山烧炭耀长空。苔枝飘焰飞花雨、石径蜿环贯彩虹。

家万里，意无穷。娇颜宠色又相逢。苎毛狂在头颅长，怅触千端自古同。

齐天乐　赋红叶次文裳词丈韵

夕阳遍泼斑斓色，栌丛岭头飞溅。踏破寒山，行休逆旅，犹记停车一点。徘徊向晚。望野渡舟横，碧云风遣。采撷多情，好留方寸待摘艳。

飘朱染彤旧苑。更秋怀渺邈，空中凌乱。月碎窗明，笺长字小，往事匆匆过眼。题诗恁短。念逝水班如，故人娇倩。堕叶参差，断红今又剪。

文裳先生评：大作深得调情。

附文裳先生原玉：齐天乐　赋红叶

素娥土杵分铅沫，飞丹老枫新溅。瘦靥调朱，修蛾惜黛，憔悴端宜妆点。留妍未晚。更情重题诗，腻溪殷遣。辑入香奁，绮文风雅任流艳。　　西风萧瑟故苑。殢嫣能几日，凋残零乱。借酒酡颜，栖梁落月，凄美恹恹过眼。佳期梦短。叹病骨支离，冶容幽倩。一劫秋深，练河垂半剪。

蝶恋花　赋苗强贤弟所寄赣南血橙

南国清秋枝上果。内美纷纭，日渐生匀妥。金玉流光随意裹，丹心瓣瓣君知么。

馈我厚谊非小可。剖破新橙，别样甘鲜佐。圆缺阴晴经岁矁，诗情一夕殷勤作。

望海潮　秋日雨中游武隆天坑，亦名天生三桥

烟升岩隙，泉流涧底，行来是处清嘉。劈做玄门，溶成洞府，巍峨素裹轻纱。云里树丛遮。雾中路阶小，高下横斜。壁立天生，宛如桥落在山洼。

凭阑对此嗟呀。想曾经海底，再历空涯。波蚀石层，风雕面目，斯须万万年华。秋雨沁溪沙。幽谷生芳草，淅沥交加。赏罢三番好景，回首粲然夸。

词隐公评曰：疏朗淡然，可见自家面目。

文裳词丈评曰：甚佳！屯田风味。

卖花声　寒冬巷中闻叫卖声

苦切唤声声，远近交横。申言折扣莫能停。宛转尾音传一路，战战兢兢。

行者暗心惊，不忍还听。艰难自古稻粱应。买得花枝三两束，片刻安宁。

临江仙　豆浆机

巨响嗡嗡兴起，老妻故故端详。豆腥飘荡绕人床。窗前晴正好，厨下汽飞扬。

暇日暖心如是，一杯浓郁芬芳。旋将渣粕饼中藏。笑言肥减去，此物可帮忙。

喜迁莺　庚子华师词谱工作坊次蔡国强词丈韵

开冬关节。正秋露将晞，寒云飞彻。踏赏东川，行止樱桃，携稿沉沉一箧。月改岁迁如电，看鬓角、素霜添结。倾杯酒，与席前词俊，眼中人杰。

舟楫。航数叶。侧畔千帆，奋桨从头越。平仄雁行，黑白圈法，谱校律勘无歇。梦想拂衣功就，岂效灞陵伤别。年年会，共谈笑怡然，松醪甘冽。

国香　拜王玉明院士杖朝之寿

空谷流音。正荷塘对月,泽畔行吟。珠玑玉盘倾倒,一片丹心。骋笔横生万感,忆前事、草暗花深。屐痕遍寰宇,摄影含光,触处生春。

雄图驱已就,更翛游艺海,远道追寻。巍峨东岱,满鬓霜发登临。水木清华弥望,尚依依、鼓奏鸣琴。诗书久盈案,此刻怡然,寿曲歌云。

捣练子　石门全城居家

迎杲日,对顽童。斗室阳台乃有容。暮色起时聊瞰远,万家灯火一城空。

清平乐　电熨斗

布间滑走,烟幻苍苍狗。平复褶丝都未有,便好凌风舞袖。

腹中开水盘旋,裁缝电火还添。熨罢重新冰冷,无人顾我低颜。

玉楼春　庚子岁杪

点妆墙角斜枝雪，金蕊幽单何悱恻。垂灯万盏放丹霞，霜色无边飞素叶。

枷城一月经千劫，日夜城空期转折。腊梅辜负朔风寒，岁暮阴阳如电抹。

南歌子　怀旧老歌

潇洒红尘遍，玫瑰粉颈回。浅斟低唱蹙尖眉。一霎心旌摇荡为阿谁。

乍喜青春好，旋惊岁月催。循环镇日雨霏霏。窗外海棠花落叶儿肥。

注：《潇洒走一回》《九百九十九朵玫瑰》风行一时，迄今近卅年矣。

浪淘沙　赠小说家李浩

侧面镜中花，照见尘沙。繁忙秋日遣生涯。旅店如归虚构颂，大脑萌芽。

刺客剑开桠，笔下横斜。幽燕四侠一层纱。不过浮名蓝试纸，淡酒清茶。

鹧鸪天　黄河口嵌换头句

九曲神龙绘巨花，人间大水漫无涯。戳成一记奔腾几，搬运千秋浪荡沙。

河入海，我回家。黄蓝各取半分霞。青天上下云飞动，万处禽声叫日斜。

浪淘沙　楸树花

乔木紫云开，千盖风裁。浮烟怀抱小楼台。细雨廉纤幢五彩，枝上青苔。

花谢碾成埃，往事堪哀。踌躇不见美人腮。修直腰身长渺渺，过去将来。

注：河北师大校园顺天大道两侧植楸树，当春花发，一时胜景。

暗香　五指山农家窑洞废院蔷薇

弃闲院落，又缛浓艳朵，红侵墙角。渐远俗喧，故主而今久离索。青簌长条待话，牵绊处、依稀如昨。甚独自、洞外栖迟，时惹小鸢鹊。

斑驳。苦寂寞。算吊影子然，代序交错。太行峻壑。相伴相知且相托。弦月檐头照见，娇眼困、珍丛轻薄。正念念、垂粉颈，那人抚摸。

菩萨蛮　与李俊勇兄石门论学聚饮

析详曲乐兼词乐，水磨昆唱飞沉确。雅部响幽燕，与君谈笑间。

分宵狂把酒，倾盖殷勤久。逸兴俱无双，临歧殊未央。

醉花阴　观莲塘荔枝图步张海沙教授韵

云树葱茏荫满路，驻足清圆处。百草舞婆娑，掠隙风徐，水面回波去。

荔枝垂首倾低语，一梦堪惊遽。夏采到冰盘，褪尽红衣，谁识春天苦。

菩萨蛮　长春南湖夏夜

城南一片清泠水，松涛弄戏虬龙尾。近夜起凉风，彩舟移到东。

驻停桥上久，月到梢头后。湖面绽荷花，凌波姿致佳。

菩萨蛮　辛丑六月与青年词学会诸子长春聚饮

二巡酒过绯红脸，串撸然后夸朝鲜。南北与东西，难能相聚齐。

诗余兴盛会，半百奇文对。闲坐说词宗，春城一夜风。

南柯子　辛丑长春词学会步施议对先生韵

岁序春秋代，神思日月明。新词丽句共潮生。后浪千寻前浪渐身轻。

峻岭兴安树，清凉太白冰。一堂高会正嶒嵘。流水知音北国聚贤英。

临江仙　咏双流

黄龙潜渡清溪久，薰风昼夜鸣诗。锦江赤水总相宜。双流奔涌地，处处有丰仪。

古镇名街花万树，莲娃钓叟嘻嘻。朝晴暮雨幻千奇。羡渠多妙质，愧我少嘉辞。

浣溪沙　眉山三苏祠遇雨

珠跳荷倾骤雨声，祠堂肃肃谒名卿。满腔思慕发于硎。

十万纱縠曾有色，三苏文气杳无形。故园苍翠有余情。

水调歌头　眉山三苏祠谒东坡遇雨

文曲大星降，千载一相逢。叹悯尘翳京洛，不变是情钟。奋厉用心当世，却贬儋黄惠地，南北驻萍踪。举笔赋归去，枕上有清风。

访祠庙，参圣像，绕苍龙。满园竹翠，相伴豪放老词宗。无尽髯公格度，一霎黑云翻覆，骤雨诉幽衷。踏雪何曾悔，鸿爪笑衰翁。

虞美人　辛丑六月望日峨眉山夜饮

峨眉满月清光洒。草露盈盈乍。深揖川酒数觞周。且就巴歌郢唱解千愁。

思君不见情怀在。圆缺阴晴改。鬓侵犹自尽余杯。万仞青山夜夜唤人归。

鹧鸪天　辛丑立秋

斜日犹炎透店堂，多嫌浃背坐当窗。冰啤渐尽宵来雨，老树曾经叶上霜。

疏好梦，密新伤。偏逢不惑对苍茫。中原涝疠如麻乱，却道秋高遍野黄。

浪淘沙　壬寅春感

灼灼放其华，春到谁家？一天枪火落桃花。十万笋尖新破土，生死无涯。

风雨困娇葩，践辱交加。苍灵不爱自家娃。云幻龙蛇夭矫变，当面横斜。

诉衷情　梦游玄武湖

依稀又过四牌楼，残柳照轻柔。高墙倒踞湖水，縠雾漫空浮。

执素手，立寒秋，似重游。那时迷惘，未回香颈，顿起清愁。

醉花阴　饮茶

枨触红残香且浅，聊整遮姑盏。雨后散梨云，万片花尖，一夜浮沉缱。

回甘漱缓腮纹卷，霎那心情软。往事杳如烟，雪浪声翻，车绕羊肠远。

醉花阴　虎年孟夏

空半冻云飘欲堕。入夏阴风作。南浦唱离歌,高锁楼台,阒寞无人过。

遥闻饥火烧花朵。草木攻城破。霰雪撒江天,乍热还寒,何处能安卧。

选冠子　读清真词

悲郁心情,精微辞句,流盼照人明艳。兰陵月榭,六丑长条,律吕千年垂范。犹记溧水芦黄,汴洛荷翻,雨飞云飐。味清音几缕,幽怀三省,共兹玄览。

仍悄立、午后凭栏,灯前揾泪,渐作浑成题染。渔郎逆旅,鸢雀窥檐,费煞一生遐潜。应是才高梦沉,苦恨人知,风姿神鉴。且徘徊掩卷,,斗柄清光未减。

菩萨蛮　记长沙青年词学会

知音共赏清真集,星城不吝虚前席。岳麓会群英,梅溪照眼明。

商量疑义罢,携手秋风夜。闻笛露桥边,醉眠芳草间。

蝶恋花　闺情步王国维先生韵二首

其一

卷地霜风摇落絮。疾病侵城，望处空如许。闪烁霓虹驱暗暮。临窗独自垂珠雨。

一夜寒声听似诉。残梦楼头，念起千千度。素裹梅花香且住。明朝好寄梅花去。

其二

楼外雪泥深几许。足印依稀，一串梅边住。断尽邮车人不语。屏间小字音尘去。

欲寄梅花兼豆乳。银甲翩翩，珍重朝和暮。万缕芳心魂共与。殷勤莫被芳心误。

一络索　壬寅徐州词会不赴

空庭一夜西风紧。弄犹存丰韵。封城无地赏秋光，叶红了、土中遁。

包裹帘旌锁阵。便重逢堪恨。旗亭柳下踏歌时，气萧飒，何须问。

菩萨蛮　衡阳雁

归飞此夜分携柳，逆风狂覆当歌酒。缥缈去无心，浮云随到今。

青天书不写，掠影垂平野。河朔起寒霜，相思犹未央。

雨铃霖　壬寅孟冬

寒霜枯竭。对街衢寂，满目凄绝。萧黄落木如毯，林亭不扫，暮日镶血。救护车声到处，骤惊耳呜咽。念数载、笼鸟迷惶，彳亍阳台几曾歇。

横行魍魉苦谁说。便身同、踉跄风中蝶。人间钥路何限，天上剩、渐残孤月。万感无端，都付晨昏病酒时节。且醉去、颠倒难离，梦里肚肠热。

施议对朱牛评："天上剩、渐残孤月"句甚佳。言事题材不好处理。略嫌实了一些，也苦了一些。苦与乐，以乐语与衰情，也许更哀。立此存照，已甚不错。

李世琦先生（花山文艺出版社原社长）评：如此长调，神完气足。末句点题，足见书生意气，报国情怀。今能到此者盖鲜矣。

浪淘沙　访外婆旧宅

灶冷阒无烟，蛛网空圆。倾檐断瓦倚颓垣。压水机身都锈满，老井旁边。

可惜是从前，媚好苍颜。居然化土已经年。剩有荆条随意长，凌乱窗间。

满庭芳　贺蒋子旺拜师定瓷大师和焕先生

东麓争红，南城比绿，喜鹊鸣动三春。奉茶深拜，顶礼老师尊。稀有因缘造就，今弟子、立雪和门。骅骝好，景行北岳，美梦竟成真。

循循。谆善诱，平生德业，托付传人。愿从此劭精，雕印双珍。千载定瓷技艺，发扬处、灿烂缤纷。群山抱，一天星斗，明月照均匀。

水龙吟　海棠步韵恭贺迦陵先生百岁大寿

期颐白发临风，翩翩曾记当时媚。恭王阆苑，辅仁与共，一堂姐妹。粉脸新开，霜皮驳落，绪牵情系。想能徙嘉木，难移内美，心恒在，家园里。

甚矣此花名世。向黉宫、慧根长寄。茂枝擎盖，靓妆倾国，謇然申志。满口余香，冲天鲜羽，学坛深计。又枝头万朵，夕阳朗照，似祥云霁。

柳梢青　游安国药博园

万缕千重。药王故苑，百草葱茏。柳外寒轻，云边雁远，秋意无穷。

相携其乐融融。共弥望、花开焰红。笑语延缘，一天斜日，十里香风。

夜行船　游安国谒邢泽兄

怪被祁州留住。草生香、似相言语。槐树森然，旗杆兀立，好是药王居处。

争与狂朋斟玉醑。对珍肴、意挥彩箸。美梦无形，清欢有味，今夜醉眠些许。

菩萨蛮　过吉星路

吉星辉熠当头照,行人慢享时光好。老巷簇新花,绿漪摇彩霞。

民心河畔走,古朴围墙秀。街角遇微风,月儿斜到东。

浣溪沙　汉服美人

不爱今装爱古装,伊人侧面过南窗。风前簌簌落花香。

广袖高擎因细雨,黛眉小敛费端详。滹沱对岸有情郎。

如梦令　前南峪晨兴赏雪

群岭纷披绒帽,慵睡骤寒清晓。浆水半含冰,天地冻波相照。横到。横到。一鹭破空飞了。

如梦令　雪后访栾城振峰兄赏白梅

应是寒风雕就，玉蕊楼头清瘦。疏影挂虬枝，点点雪花开骤。相守。相守。爱把暗香偷嗅。

少年游　贺《曾大兴诗词》梓行

才华老更溢多端。诗赋竞传观。平仄垂成，髭须拈断，境界笔中宽。

暮年风度乡关动，一向此心专。著作等身，讲坛驰誉，片刻岂偷安。

少年游　与甄强医生饮酒

清樽明月晚风寒。兼味满冰盘。倏尔私暇，通年公务，万缕鬓中斑。

此心安在悬壶处，岂惧克千难。今夜赏心，他朝乐事，醉里看朱颜。

如梦令　过年

除夜无边清景。吉语家家黏定。瑞雪满街衢，遍地彩灯辉映。相庆。相庆。明岁再攀高境。

清平乐　正定古城春节

凌空彩焰，花雨城头遍。四塔勾描天际线，远近欢声无限。

解开游子乡愁，滹沱好景盈眸。记住今宵节庆，春风万里恒州。

清平乐　闻某兄康保县驻村三载感赋

草飞云动，旷野尘沙弄。过午严寒如有种，一夜风声惊梦。

坝原长驻乡村，簿书堆累留痕。却有人情难舍，邻翁携酒敲门。

清平乐　小年夜肖冰邀饮，
与邢泽、马明博、张哲诸兄尽欢

良辰会友，乐事须凭酒。换盏相推和左右，倾诉嘉谊深厚。

因缘在此娑婆，偶然逆旅滹沱。月下梅开今夜，共吟般若摩诃。

清平乐　携柔儿雪后赏腊梅

东君雕粉，春浅香儿嫩。墙角枝头和雪混，费煞遥遥思忖。

小童催促行前，花旁细赏容颜。最爱风中姿态，似开还闭慵眠。

清平乐　雪后五台山

千山玉屑，漫眼清凉绝。宛曲台怀风凛冽，台顶金光明灭。

晨钟暮鼓依然，有时独鸟飞旋。小伫虚空胜境，澄观世界无言。

清平乐　春节前夕闻武汉暴雪其状惨烈

漫天飞雪，处处人踪灭。岁暮汉阳何忍睹，十万香樟摧折。

千街绿树无头，满城狼藉难收。团聚迎春时节，寒冰阻断江流。

清平乐　春节前武汉暴雪阻途

花狂道阻，高铁居然堵。积雪折摧千万树，一地绿横银竖。

旅人车站羁留，儿童哭闹无休。情侣相拥已倦，骂他该死温柔。

清平乐　除夕前豫鄂春雪暴降

山高路远，难把乡思断。自驾出城三点半，明夜团圆未晚。

苍灵戏掌庖厨，撒盐天地残荼。高速银龙百里，故园漫漫归途。

清平乐　立春雪夜增强延饮

时光不老，酱酒醇香好。落雪花飞春窈窕，饮了一杯还要。

紫衣来自瑶池，此心沉厚谁知。风韵无边今夜，醉乡有幸相期。

清平乐　阳泉史新玉学棣贻晋醋数品饮后有作

玫瑰结露，桑葚生千树。酿入高粱成好醋，百味调和互补。

晴窗啜饮从容，甜酸醇厚香浓。偶在瓯中照见，陶然半老词翁。

减兰　除夕前闻豫鄂湘暴雪

归途障雪，高速羁留车万列。九度回肠，无数青山路远长。

繁华闹市，欲认家乡仍不是。风更萧萧，逆旅人间走一遭。

貂裘换酒　读"论词四种"步濠上词隐公韵

智者得全体。阅词人、千年万卷，穷究妙理。剪翠刻红花间久，浅唱尊前谁似。大江浪、淘沙总是。音律闲寻汴杭谱，弄筝琶、却到梅花外。风乱点，曲中意。

句兼长短饶情思。会通时、一天星斗，照人明己。濠上香江留形迹，刹那望中犹记。论四种、研磨表里。规制自今真说透，最高楼、更把危阑倚。名可道，顺其势。

附施议对先生原玉：貂裘换酒　步友人韵自题"论词四种"

何以总其体。正愁人、风飘万点，细推物理。锦嶂玉门千重几，池馆虽春秋似。远汀接，接蓝犹是。木叶初红好山看，碧云长、一笛斜阳外。谁会得，此中意。　　杨花榆荚无才思。绿阴凉、自家磨墨，可关人己。布景说情存规制，六艺三碑标记。词学学，明河影里。嗟叹永歌知未足，独苍茫、十二阑干倚。遵大道，忘时势。

减兰　题伊犁天鹅湖冬景图

天鹅游泳，拨掌乾坤湖里动。粉塑银雕，四野凇花压树梢。

清凉美景，梦入伊犁长不醒。最爱冬装，对雪蒙蒙照月光。

贺新郎　叶嘉莹先生百年华诞步词隐公韵

珠玉临池掬。又春来、海棠开遍，漫山奔鹿。百岁光阴随世变，凝伫一枝幽独。最爱把、词心放牧。嘉树曾经频辗转，更壹志、总教灵魂沐。净静处，耐精读。

人生境界文章蓄。等身高、裁成独断，尽多沉郁。受命南开何淑茂，水月衣冠鲜服。弱德美、比兴压轴。罛眇宜修堪踵武，庆期颐、胖彼清闲福。歌令誉，遍中国。

附施议对先生原玉：金缕曲　叶嘉莹先生百岁华诞志庆

水月手中掬。兴来无、芳菲远近，树深藏鹿。卅载天涯风和雨，斜倚池阑幽独。身愿托、渔樵耕牧。青盖亭亭飘零自，露华凝、山色净如沐。经万卷，俟君读。　　诗之大美精神蓄。沁园春、吴山点点，涧松郁郁。步马兰皋休止息，时吾复修初服。堪择取、锦囊玉轴。感发于中言于外，贺生朝、共劝千龄福。依北斗，望京国。

减兰　品云居禅茶

生津绿叶，汤气携来山半雪。一口真如，刹那身心入草庐。

含云漱雾，扑面春风吹不住。瞬目视伊，忘所言时上上机。

减兰　早春黄昏

斜阳泼彩，新月横将边角改。更要调皮，要画弯弯柳叶眉。

滹沱两岸，有所思时春意满。渐解浮冰，梦里花开蝶翅轻。

减兰　新正腊梅

鹅黄吐粉，舞蹈蜂儿花上吻。香满晴空，渐染天边暮日红。

最宜春浅，此刻情怀何所限。暗自伤神，辜负当时百褶裙。

醉花阴　鹿泉十方院古腊梅

风里花瓣飘荡久，墙角丁枝秀。丛簇向斜晖，虬丁蜿蜒，洞府天香透。

三清苑囿长相守，百岁光阴骤。最忆浅衣黄，嫩脸轻匀，月下曾携手。

减兰　记邢泽、张哲二兄吉林购参事

苍茫夜雪，寂寞车灯穿玉屑。投宿山边，猛灌一杯榆树钱。

平明冷透，百万人参装载后。岁暮劳生，千里冰封更北征。

浣溪沙　兰花

盆上新开涧底花，生于幽谷长于家。漫空香雾簇青霞。

摆翠罗裙何处觅，透帘芳影霎时加。似来山雨晚风斜。

浣溪沙　军嫂陈姐

涤洗晨昏溅水花，月低犹自哄娇娃。一人支应两人家。

半夜相思灯下你，平明疆塞雪中他。朔风吹过木篱笆。

减兰　甲辰正月十一日瑞雪竟日柔儿催赏梅花

纷扬一夜，天地茫茫空旷野。稚子牵衣，去看疏花戴粉围。

暗香如语，料峭春风吹万缕。浅映童颜，最美天真在眼前。

**西江月　甲辰正月昌黎杜志勇兄
贻新疆葡萄烈酒饮后感赋此解**

送酒府君亲至，汤风冒雪登门。葡萄酿罢下昆仑，沃我无边渴闷。

百虑能祛堪笑，持醪梦想成真。敛襟仍自作闲人，已惯溪桥路稳。

宴西园　甲辰正月十一日夜饮

春浅无边雪大，恰好围炉夜话。相与竞传杯，醉而归。

踏破银妆路滑，天地妖娆显豁。何处有梅花，暗香加。

西江月　甲辰年明博居士生辰

生日论生谈死，禅心单向而行。鱼儿少水又新晴，精进陶然入定。

障我雪泥深厚，暂留鸿爪轻轻。有情人却也无情，照见蟾光万岭。

减兰　赠中医李昱达兄

百千歌诀，廛市悬壶肠内热。正骨悠然，妙手能将春送还。

汤头要领，韵语分明知药性。且共衔杯，朗月清风雪后梅。

南柯子　柔儿夜中小恙早起感赋

斗室开难速，南墙撞已昏。娇儿宵吐恁慌神。忍痛奔忙来往送巾盆。

打扫房间后，安慰枕边人。疲劳以外更何言。反侧难眠夜半到清晨。

减兰　汕头陈斯怀教授卜居石家庄，读书翛然，为赋此解

拍天澄海，潆露舒云从未改。山岛排门，竟日丹青持送君。

滹南羁旅，廿载光阴何所虑。万卷盈窗，乐把书乡作故乡。

减兰　乘机降落南昌写望

洪州脉络，衢路车灯连似索。积木崔嵬，搭作高低楼宇堆。

分明赣水，一剑苍茫劈郡背。扑面平冈，银翼微斜掠翠樟。

浣溪沙　惊蛰前三日南昌大学江西诗派学术研讨会召开喜赋

吹皱前湖水上霞，春风催放玉兰花。高朋胜日赏芳华。

论述江西饶有荻，盘桓醉里乐无涯。琳琅硕果满枝丫。

浣溪沙　南昌前湖早春

连岭平冈间有洼，日光轻淡冷些些。湖边扑面晚风斜。

常绿樟根生细草，新红枝上绽茶花。初生春水正无涯。

浣溪沙　孟春与刘慧宽、祁飞夜游南昌大学前湖校区

料峭东风送冷来，清宵吹赤美人腮。生怜一刻小徘徊。

金色双龙浮碧水，暗香千度自红梅。浅春何意费君猜。

西江月　早春坐轮船游赣江

破浪轻舟行过，江流一水中分。滕王阁上岸边人，可共长天接吻。

柔细裘家青草，翛然孤鹜登门。高楼当面矗如云，浮在波心稳稳。

滴滴金　杯子

将身注酒心儿苦。看无色、泪如雨。一举倾君君不语，又分襟南浦。

盘飧边上盛些许。正狼藉、断肠处。今夜醒时复相寻，怕梦中人去。

少年游　观正定赵云花灯

坂坡七进事难求，岁月去悠悠。常山古柳，年年吐绿，只是有青眸。

滹沱列岸长颙望，此刻尽高楼。赫赫花灯，巍巍战马，意气古城流。

卜算子　韦军平兄欲回乡盖房其父不许

旧宅待翻新，一由乾坤大。小院修成四合房，景在村头画。

自去少归巢，老父捎来话。若有余钱买好车，勿向家中耍。

蝶恋花　春晨偶遇

花束周遭都挂遍。恰对朝阳，耀目芙蓉脸。艳色三春风下剪，那时天地由人缱。

小径清香飘荡浅。渐杳芳尘，独步闲庭院。费煞情怀空一念，楼前飞过双双燕。

玉楼春　同诸公东湖踏月听蛙拈韵得"望"字

天地流霜飞下上。夤夜寒侵蛙鼓浪。湖心几处翠微横，侧影粼粼空一望。

沁透茶香樟树幌。锦绣千重花畔讲。徘徊共踏月轮回，相和歌随春水漾。

莺啼序 拟白居易诗二首

其一 拟《长恨歌》

寒春汤泉腻滑,赐华清沐浴。侍儿挽、慵弱堪怜,万种娇媚知否?恨宵短、芙蓉帐里,横陈玉体杨家女。晓妆成,金屋专从,早朝都误。

舞破霓裳,九阙撼动,骤渔阳战鼓。荽花钿、宛转蛾眉,马前香陨尘土。泪空流、汉皇掩面,旗犹举、斜阳垂暮。冷风来,霖雨剑阁,月明西蜀。

御苑重归,太液还游,荷残柳暗处。自别后、断魂难至,犹记春风,未忘梧桐,旧时仙侣。殷勤道士,霜发君王,推寻花貌玲珑阁,恁精诚、切切相倾诉。仓皇别后,蓬莱寂寞年年,海棠终日凝露。

昭阳梦醒,天上人间,寄誓词何补?七月七、无人长夜,比翼于天,在地连枝,殿前私语。天长可尽,无期幽恨,心坚如铁随地久,教梨园、歌入多情谱。骊宫谁觅遗踪,对此凄伤,奄忽逆旅。

其二　拟《琵琶行》

枫枝荻花瑟瑟，正船头缱绻。别时月、江浸茫茫，举酒空寂谁管。乍入耳、琵琶妙响，千呼万唤邀相见。喜回灯、琼宴重开，抚弦清远。

掩抑声声，拢捻抹挑，动葱根皓腕。六幺后、初奏霓裳，切嘈珠落嘶啭。似间关、花丛鸟语，更幽咽、冰中泉缓。暂停拍，愁怨交横，曲终情满。

沉吟放拨，整顿衣裳，讲前事款款。教坊女、善才钦服，惹妒蛾眉，血色罗裙，酒污楼观。秋来夏去，风轻云澹，娇颜忽老稀鞍马，遽门前、冷落无人眷。今为贾妇，啼痕染尽阑干，梦惊冷雨庭院。

愀然叹息，此语唧唧，道半生偃蹇。自贬谪、浔阳偏僻，竹肉无闻，绕宅黄芦，覆阶青藓。山歌牧笛，呕哑难听，春朝秋夜惟独饮，恨天涯、沦落相逢晚。江州司马青衫，黯自神伤，泫然泪眼。

附录

诗中有人，守正创新

清人赵执信《谈龙录》引吴乔"诗之中须有人在"一语为同调，"服膺以为名言"，我个人学诗也以此为诗歌创作之核心要义。"诗中有人"强调诗歌的真实性、抒情性和独特性，从诗词文本中应该能读出作者真实的人生、个性、修养和心灵世界的复杂图景，诗词创作如果不能做到这一点，则失去了诗之所以为诗的意义，属于无效创作。

我最早从填词进入诗词创作，当时就定下了以真实为前提的主张，以事信言文为准，纪事必真，抒情必实，不凿虚空，不尚雕镂。宁有质实之病，亦不为巧空之词；宁无重拙之境，亦不作虚伪之态；宁缺典实之富，亦免于堆砌之繁。经过数年的探索，越来越觉得把真实的自我袒露于文本中是有效创作的前提。

《文心雕龙·体性》："才有天资，学慎始习。斫梓染丝，功在初化；器成彩定，难可翻移。"如果一开始学诗就染上习惯性作伪的恶习，将诗词作为表演的工具，那么必定会歧路无归。当下诗词概念化、流水账、堆砌化的诸多病症，多数与"诗中无人"有关。有的人以仿古格套相标榜，有的人以形式精巧为崇尚，甚至有人还提出人工智能写诗不输于人的谬论。所谓人工智能写诗，不过文字游戏而已，剥离了人性的文字仅是文字而已，没有温度的语言是不能称之为诗的。所以刘勰说"辞为肤根，志实骨髓"，"志"和"情"是诗词的骨髓，抽去了情、志，就成了干瘪的文辞。在《莫轩词存序》中，我重申此意："春花秋月，岁时节令，情动于中，则形诸歌咏；山川好景，南北风光，所历所闻，亦见乎笔端。避除仿古之俗套，实录今日之意兴。自谓丽藻千行，不若真心半点；典故满纸，岂如诚实一念？"如今我更加侧重于诗的写作，以真实性为前提的创作理念不仅没有弱化，反而更加强化。

单一的真实性不会保证诗词创作一定成功，诗词所呈现的真实永远是艺术化了的真实，因此不断提高艺术修养是学诗的必由之路。当下诗词人口异常庞大，产出量惊人，而流水账、口水诗、日记诗占了很大比重,更不用说还有大量扁平化的作品。诗中的"人"应该是独特的人、有艺术修养的人、对人生题材有所选择的人,普遍、拉杂、平面而无意义的故事、场景、情感不值得写入诗词。诗词是与日记不同的文体,其功能是不能混淆的,孔子所说"兴、观、群、怨"功能只属于诗,而不能属于一般性的文辞。如果没有感动人心的力量就不要写成诗词的形式,可以选择更适合的文体以期相得益彰之效。认识并掌握诗词的文体特性,需要向前人学习,因为格律诗词作为古典的形式有其特定的要求。"博览精阅"前人诗词创作和理论精髓,练习体会,就能通古今之变,继承优秀的诗词传统,这就是"守正"。在"守正"的基础上,感受时代新变,结合我之人生、个性,拈出深具感发力量的场景加以艺术再现,这才是"创新"。"守正"和"创新"两者要紧密结合,不能偏废,这应该是每一个学诗者应该遵循的正道大路。

《文心雕龙·通变》说:"文律运周,日新其业。"学诗者当坚持"诗中有人"的有效创作,在真实书写自我的前提下,学习前人艺术经验,提炼生活感悟,剪裁艺术形式,强化文体意识,力求兴发感动,以此数端严格要求自己,写出独具个性的诗词。当然,要达到以上要求,做到"日新其业",需要持续不懈的努力,虽不能至,而心向往之。片言只语,或有不周之处,与学诗者共勉。

(原载《诗刊》2022年6月号上半月刊)

中国诗歌网名家访谈录

这是中国诗歌网旧体诗版块推出的《名家访谈》栏目,本期我们邀请到了江合友老师,感谢江老师的到来,现在开始我们的访谈。

中国诗歌网旧体诗编辑邢建建:

江老师您好,您是中国诗歌网旧体诗的点评专家,近期也多次参加了"每日好诗"直播的活动。您是怎么看待当代人所作旧体诗的?所创作的作品又该如何体现时代性?以及好诗的标准是怎样的呢?

江合友:

感谢中国诗歌网的信任和厚爱。作为点评专家,参与"每日好诗"直播活动,使我能够与各位诗友交流，而且能借此及时了解当代诗坛的创作现状，对我来说是一个学习和进步的宝贵机会。旧体诗是从古代社会历史中自然生长出来的，其内容趣味和形式外壳本身都带有强烈的古典属性。内容趣味的古典属性是表现古代的社会生活，承载古代的思想、情感等生命体验，表达古代的审美趣味，有着鲜明的时代性。形式外壳包括声音和语言，声音形成格律，汉语语音在发展过程中大致分为上古音、中古音和近代音，所以古代诗歌所遵循的声音规则有其历史阶段性。我们创作常用的近体诗遵循中古音系统，通常所说的平水韵就是根据创作实践总结定型的。如果写散曲，遵循的则是近代音，也称北音。形式外壳从语言方面说，旧体诗是以古代书面语为基石的，在语言上遵循书面语表达的规则，所以带有典雅精致、凝练优美的基本特点。当代人创作旧体诗，应当站在时代的潮头，在继承旧体诗在内容趣味、形式外壳的优秀遗产的基础上，不断开拓旧体诗艺术表现的空间和能力，要超越模仿的层面，真正进入创造的层次，这样旧体诗的写作才是有意义的。

当代旧体诗写作如何体现时代性，兹事体大，不是片言只语所能说好的。从根本上说，就是要直面现实生活，真实表达自我，不能把古典的形式外壳当作假面具，扮演古典的人格，以此自我满足。一切诗人个体的生命体验都有当代性，只要不虚伪，不矫饰，不作假，把内心真实的感触表达出来，所写的文本就会具有时代性。所以真正的诗人首先是个真诚的人，这样就不会有旧体诗写作是否具有时代性的焦虑，或者毋宁说，旧体诗的时代性的问题是个伪命题，当为了实现非艺术的目的去写作时，失去了表达的真诚，哪怕表面上有时代性，比如用到了手机、电脑等当代意象，在内在精神气象上也不具备时代性，这种所谓时代性是装腔作势的时代性。

我心目中好诗的标准，最重要的就是"独创性"。创新是评价诗词好坏的排他性标准，没有创新的诗词就不可能是好诗词。我们经常读到似曾相识的作品，尽管在格律上没有瑕疵，语言上也很精美，但是毫无新意，这个只能是技术过关型产品，如同卖油翁所说的"无他，但手熟耳"，并没有达到艺术的层次。艺术首先讲究唯一性，反重复性，否则批量生产，就毫无可贵可言了。唯一性，就是不能重复古人，不能重复今人，同样也不能重复自己，做到了这一点，那就是具备独创性的作品，作为好诗的最根本标准达到了。

哪怕暂时在格律、语言上尚有瑕疵，可以通过学习和训练来补救，最终仍能够在艺术上登堂入室。如果形成了熟、俗的习惯，还沾沾自喜，恐怕就会白首无成，一辈子都在殿堂之外，无可救药了。

邢建建：

作为诗词创作者，诗词的好与坏，并不是以创作的数量来决定的。诗人的情感才是创作作品重要的因素，情感又是微妙的，有时感性，有时理性，而真正在诗词作品中呈现，并不是容易驾驭的。从把控情感到创作作品，这个过程应该如何拿捏呢？

江合友：

我更愿意用"写作"这个词来表述，而对"创作"一词的使用持谨慎态度，可能多数诗词还达不到"创作"的高度。确实，数量和质量是两个完全不同的概念，但是两者又有密切的联系。从诗词写作来说，没有一定数量的训练，是很难达到熟练驾驭格律和语言的程度的。李白在出川之前曾经"三拟《文选》"，《文选》收录了各类体裁的诗文700多篇，古代"三"经常表示约数，就是多次的意思，一般要超过三。李白的拟作今天都看不到了,我们就按三次模拟的数量来计算,那就达到了2000篇以上,考虑到《文选》收录很多赋、散文,这个工作量是很惊人的。也就是说,"李白斗酒诗百篇"是建立在充分揣摩学习的基础之上的,不完全是天才的产物。我们今天写作诗词,想要写好,也必须有一定的写作量,将自己的生命体验与旧体诗词充分融合,经过了这个不断磨合的过程,才能在灵感迸发的情况下,写出高水平的诗词作品。天才如李白,尚且要有写作的练习量,今天的诗词写作者更需要沉下心来,练习提高。古代诗人传世的集子,一般都是要经过本人、亲友筛选的,不是所有的作品一股脑儿收入。这个和古代印刷成本有关,编集的时候予以精选成为风气。即便如此,古人诗集也不能保证篇篇精彩,大作家肯定优秀率高,而且有脍炙人口、影响深远的"拳头产品"。陆游的儿子给父亲编集了,贪多求全,结果招致后人讽刺,袁枚就说"人老莫作诗""重复多繁词"。可见编集不精,就算陆游这样的大诗人也会有谬种流传。今天印刷成本大为降低了,许多人编集都有泛滥的倾向,以多为尚,这个是不可取的。

你说的"把控情感",其实是涉及了中国诗歌的写作特点。中国诗歌有自己的特质，形成了悠久的传统，比较文学研究大家陈世骧先生总结为"抒情传统"，在他的《中国文学的抒情传统》中有精细的分析。旧体诗词能表达什么样的情感呢？陈先生说："诗歌仿佛可以轻而易举地绽放于中国人的日常生活之中。与友朋的相聚或是分别的境遇，宴筵以及节庆，隐约的家国之思，离开故土的一段短暂旅程，都可以在中国诗歌中得到自如而真率的表达，至于那些更为宏大的事件、壮观天地、爱恋之情，或是对于生与死的沉思，则更毋庸置疑。就此意义而言，中国诗歌是一种日常仪式，是对于一切人际关系的即兴演示。"旧体诗词写作具备仪式性、日常性、即兴性等特点，即兴性这一特点，尤其是在近体律绝、词、散曲小令的写作上得到集中体现，这恰恰是今天诗词写作最为集中的诗歌体裁。我们今天的诗词写作更多地被当作某种类型的"作文"去对待，我们被文学理论著作所描述的理想的文学创作情境所误导，以为诗词写作理应如何如何。实际上诗词写作可以发生于任何情境，独自旅行、交际应酬、考试应制等，在需要表达的时刻充分调动个人储备的写作资源，在一定的时间内形成篇章，输出为文本。

在诗词写作中，情感是无法把控的，而且在写作时也分不清是理性还是感性，《文心雕龙》说"思理为妙，神与物游"，"思接千载……视通万里"，写作过程是一个很玄妙的过程。每个人都会有自己的体会，每个人的侧重点也会不一样，这和先天的禀赋有关。先天感性的人，特重以情入文；先天理性的人，重视以思理取胜。感性和理性的比重在每个人身上体现的都不一样，所以很难提出一种可"驾驭""拿捏"的通行方法。《文心雕龙》说到过写作体验："方其搦翰，气倍辞前；暨乎篇成，半折心始。"意思是开始写作时，信心勇气超过你所感受到的思想情感，结果写好之后，能表达出来的东西只剩下一半了，这应该是诗词写作最为常见的感受。如果要在写作时需要"把控"什么，我愿意建议多反思一下，这种情感，这种感受，有没有独特之处？会不会和别人重复或者雷同？如果你还在乎艺术性的话，诗词写作就不仅仅是一个表达的过程，而更应该是一个创造的过程。

邢建建：

江老师，您是诗词的写作者，同时也是一名学者，对于诗词的理论有着非常扎实、非常丰厚的底蕴。您在教学和研究当中,并没有对创作提出要求,那您创作诗词的机缘是什么呢?

江合友:

目前国内的高校教学和科研管理制度确实对创作没有要求,而且不列入考核指标,这也造就了大量诗词研究者不搞创作,甚至根本不会创作的现象。在二十世纪上半叶,诗词作为学科进入大学教育之初,在讲台上教学的学者们都很重视诗词写作,写作被认为是诗词研究不可或缺的重要内容,不会写作则很难进入诗词文本内部,不能理解诗词细部的特征,审美研究就会说外行话。今天的诗词研究和创作脱节的现状,造成了诗词研究整体格局的偏向,即重视诗词外部因素的研究,而缺乏诗词内部研究。不少研究者不能真正读懂诗词文本,也难以真正领会诗词之美,这都和诗词写作训练不足有直接的关系。不会创作会限制诗词研究的深入开展,形成外围说诗的研究弊病,这是很令人遗憾的。

我从中学时期就有诗词练笔的爱好,不成熟的诗词也会给老师们看看。这个习惯延续到大学,当时读中文系,就以为是要往当作家的路上去奔。直到韩晓光教授专门跟我谈，说中文系不是培养作家的，你应该准备考研做学问。后来知道这句话流传已久，是老北大中文系主任杨晦提出来的，成为中文系的重要信条之一。当时有一种五雷轰顶的感觉，我作为中文系的学生，恐怕除了毕业后老老实实去做中学语文教师，就只剩下考研这条路了。后来进入南京大学攻读古代文学博士，导师张宏生教授是程千帆先生门下弟子。程门的学术传统是文艺学和文献学兼重，其中文艺学除了理论基础之外，也包括对文本的细读能力，细读能力培养需要有写作的实践经验。程千帆先生的夫人沈祖棻所著《宋词赏析》《唐人七绝诗浅释》，被誉为诗词赏析的里程碑之作，就得力于她本身就是杰出的女词人，而且诗词兼擅。所以张宏生师比较鼓励学生练笔写作，尤其是每一届师兄师姐毕业晚宴，每个研究生都要写一首饯别诗词送毕业生。观念的力量很大，对于诗词写作的重视在我心里埋下了种子，那个时候还没有什么想法，只是亦步亦趋罢了。博士毕业之后参加工作，因为自己的研究课题主要集中于词谱，对于词的格律相关材料相对熟悉，但有一个问题始终困扰，就是每个词调的格律细读，始终找不到感觉。后来评上了正高职称，教学科研方面的压力稍微松快一些，就想着试一试各种词调都填，找找格律细读的感觉，以便将来可以往更加深细的方向去做研究。在这个过程中，就斗胆向著名词学前辈施议对先生请教，先生把我当作弟子一样对待，经常指点迷津，有的是方向性的，有的是具体而微的，大到审美倾向，中到章法结构，小到词句意象，微信往还，不亦乐乎，使我感动不已。我在这个过程中不断自我提升，找到了一些诗词写作的感觉。后来出版第一部词集《白石簃词稿》，施先生亲为撰序，勖勉有加，使我兴趣愈发浓厚。诗词本身具有巨大的魔力，当你从鉴赏的角度接近她，为她的美轮美奂而痴迷；当你从研究的角度接近她，为她的精微玄妙而喝彩；而当你从写作的角度接近她，就如同美人在抱，她的美好都在你的怀抱中，令你欲罢不能，眷念不已。因为诗词本身的魔力，感召我，呼唤我，令我从不同角度接近她，欣赏她，痴迷她，我想这就是我和诗词的根本因缘吧。

邢建建：

您研究词谱，关注诗词格律，同时也进行创作，能不能跟我们谈一谈有什么样的心得体会？以及，您一直强调创作以真为基础，是有什么特殊的考虑吗？

江合友：

词是配合燕乐演唱的歌词。元代以降，词乐散佚殆尽，词人填词面临失去规范的局面。于是词家开始重建规范，参照近体诗的平仄律，依文字声音对每个词调进行格律描写，因此形成了系列文献，在《四库全书总目》当中专门归类，即词谱词韵。我是集中做词谱词韵研究的，因此对诗词格律的关注度比较高，也有一些个人心得体会。我以研究为目的进入填词这个领域，深切感受到研究与写作是两个相对独立的领域，其操作规范和难点重点是很不相同的，将两者较好地融合起来，需要有一个探索的过程，起码在写作上要积累足够多的经验。我在第二本词集《荑轩词存》的自序当中，阶段性总结了自己的感受：

> 余初以学术研究之用心，涉入填词，尝发愿遍试诸调，以贪多为务。而此门一入，渐有所悟，词体以律谱言之，仅及皮相，难成佳作。濠上词隐公戒余曰："学词当以熟调入，以其音律协畅，易于神完理足也。"故僻调拗句，虽能成篇，常不惬意境。余概览旧篇，所用词调，已逾二百，而僻调可诵者寥寥，可慨叹也。

不断使用新词调来进行写作，碰到的问题就是没有自己熟悉的词调，格律形式生疏，就会影响表达的效果。而且很多僻调之所以偏僻，本身在形式上就不容易被驾驭，比如我写到《四犯剪梅花》，就很烦恼，确实很不好写。我曾经感慨：

  僻调之难，已知之矣！此四犯之调，律甚严，句甚娇，斤守填之，颇觉拘窘，几有词穷之叹。

我学习填词的时候，刚好爱人去印尼做外派教师，为期一年。我一个人在房间里，睡觉晚了也没人管，经常填词填得累了，睡过去了。诗词写作并不都是那么浪漫美好，更常见的是劳瘁以之，怪不得贾岛说"两句三年得，一吟双泪流"，确实也是苦心孤诣，病蚌成珠的结果。但是自觉有进步的时候，读到自己写的还算可读的句子时，那种幸福感又是极为强烈的。后来我调整填词的方向，不再贪求填更多的新调，而是选调的时候更注重表达的需要。一般来说，熟调多经名家之手，句韵宜于传达情事。施议对先生曾经教我填词取径，谓须从熟调入。这个调整，可以说是从纯粹格律学习开始走向诗词写作，或者说开始慢慢接近"创作"的层次了。

开始诗词写作，有些积累之后，诗词会为你招来很多志同道合的朋友，也就是说就会"入圈"，跟圈内人产生更多的交集。从社团组织来说，我开始和中华诗词学会、中华诗词研究院产生联系，参加一些诗词活动，结识行业内的诗人才子。中华诗教学会会长张海鸥老师也注意到了我，吸收我加入学会，参加活动。地方社团也注意到了我，先是石家庄市诗词协会邀请我加入，任副会长；去年河北省诗词协会也和我联系，加入理事会，任副会长。这样在不同层面参加的诗词活动增加了，也就意味着诗词写作的量会得到一定程度的保持。写作量保持了，积极向古人学习，向今人取经，就会不断进步。我最近几年比较多地写作五、七言各体诗，从词的写作扩展到诗的写作，也有很多收获，今年计划出版我的第三本诗词集，全部是近五六年写的诗，删除了近三分之二的偏于应酬、较为平庸的习作，精选了二百余首，结集为《荚轩诗集》，计划在明年春天面世。诗词写作另一个重要的收获，是会结识几个知音好友，能真正互相赏识、互相促进、杯酒言欢。人的一生虽然漫长，但生命体验的共鸣者是极难遇到的，所以古人就有"人生得一知己足矣"的感慨。诗词会为你带来知己，这是多么妙不可言的事情！

  我一直强调诗词写作以"真"为基础，一方面先贤论断已多，我深深认同，真实性是诗词的基础，应当真实记录诗人的生命体验。唐代大诗人白居易在《与元九书》中说："感人心者，莫先乎情，莫始乎言，莫切乎声，莫深乎义。诗者，根情，苗言，华声，实义。"真情实感是诗词的根，就像植物那样，只有根系发达了，才能长成参天大树。至于语言、声律、意义，都是建基于根本之上的。我一直对所谓AI写诗完全不认同，包括最近爆火的ChatGPT会学习写诗，也都是胡扯的。诗的本质不是技术，不是语言组织，这都是外层的表象。编织语言，组合意义，不过是游戏而已，达不到诗歌艺术的层次。诗的本质是人类的精神产品，是对人类灵魂深处的探索，是独特生命体验的传达。技术工具再先进，它也只是冷冰冰的工具，没有生命，没有灵魂，没有精神。技术工具可能完全取代人类体力劳动，部分替代人类的智力劳动，唯独无法取代的是艺术生产，独一无二的生命体验，不可能产生于工具当中。

我强调诗词以"真"为基础，除了理论方面的指导之外，也有对当代旧体诗词写作的反思。以我有限的观察，目前旧体诗词写作者在真情实感方面是很缺乏的，一类情况是模仿古人，表演古人；一类情况是表达集体情绪，没有个体真实的感触；一类是强调形式，对语言层面过分追求，以难度自高，以典故炫学；更加常见的一类是，有一定的真实性，但缺乏观察的深度和细度，没有体验的独特性，写作陈陈相因、既平且泛的作品，甚至如同流水账日记，失去了诗的属性，沦为语言的垃圾。我认为，"真"需要真实地袒露自我，触及灵魂，力求创新，将此时此刻的生命体验真诚表达出来。"真"要求有细度，有深度，有温度，有创造度，最终的效果是有美感度。对当代旧体诗坛繁荣景象我们乐观其成，同时也要保持警惕，不断反思，远离时代诗风可能存在的种种弊端，找到自己的立身之处，这是我之所以一直强调"真"的重要原因。在圈子里待久了，也许自己也会混同进去，也会暂时迷失，但一定记得反观自我，不断纠错，保持写作的正确方向，提出来与大家一起共勉。

邢建建：

非常感谢江老师，最后，您作为中国诗歌网旧体诗的点评专家，也参与多期"每日好诗"直播，对于中国诗歌网的诗友，应该有一个大体的了解。针对诗友们的诗词创作，您有什么想说的话对他们说吗？或者说,现阶段存在的不足、创作的方向是怎样的呢?

江合友:

作为中国诗歌网旧体诗的点评人,后来参与"每日好诗"直播,主要面对的诗人都是中青年,有的年龄很小,深切感受到了旧体诗坛的蓬勃朝气,中华优秀传统文化的精髓之一——旧体诗词在当代得到了很好的传承和发扬。我倾向于从积极的方面去看待"每日好诗",被编辑挑选出来,一定是有明显的"亮点",所以值得肯定。肯定其好的方面,将优点分析阐释出来,供广大诗友参考学习,能起一个正向引导作用。我不倾向于对入选作品做吹毛求疵的批评,有亮点的诗并不意味着是完美的诗,可能会有一些瑕疵,但不必揪着不放,以一点而否定其余,这种极端的"非黑即白"的思维方式是不对的。而且"每日好诗"也有一个推广诗词、扩大队伍的作用,如果定一个极高的标准,恐怕不断会看见老面孔,就不会有惊喜,也会让广大诗友望而却步,也就降低了诗词写作的积极性。所以我坚持认为,"每日好诗"是有亮点的诗,允许有瑕疵,应当看到瑕不掩瑜的一面,诗友们应当专注于学习亮点,衷心地欣赏亮点,欣赏别人,心胸开阔,是通向进步的康庄大道。千万不要有"文人相轻"的想法，这是很不可取的。

目前的诗词写作有一个不好的倾向，就是不爱读诗，只爱写诗，结果写得越来越口语化，审美趣味日趋粗鄙，我希望诗友们能尽量避免。多读诗是写好诗的基础，千万忽视不得，我认识一些朋友，读诗昏昏欲睡，写诗精神抖擞，越写水平越差。我反对写作模仿古人，因为写作最终以独创性为价值指标。但我提倡学习古人，要充分汲取古典诗词的丰富养分，古典诗词是土壤，我们离开土壤，根系无法扎定，枝干长不出来，开花结果也就是痴人说梦。所谓"根情，苗言，华声，实义"，要在深厚的诗词文化土壤中长出来，才能立得住。如何获得土壤，就需要读书，广泛阅读古人诗词，选本、别集，选择自己喜欢的，细读、揣摩、体悟，假以时日，必能出手不凡，远离粗鄙俚俗之窠臼。我的朋友王建强，已经出版了《问花集》《逐梦成孤旅》两本诗集，在诗坛已有一定的影响。他的诗词以生活体悟取胜，别开生面，感人至深，语言上自然浅切，似乎是不用读书就能写成的。其实不然，他读诗词下了真功夫、苦功夫，学填词把龙榆生的《唐宋名家词选》翻烂了，学写诗读了很多名家的诗集，我送他一本《杜甫诗选》，他把书都翻散页了，不能读了，自己再买一本新的来继续读。他不是专业诗人，从事的行业是养殖鹌鹑，事业做得风生水起，平时也挺忙碌，凭着对诗词的一腔热爱，坚持读诗，无怪乎写得越来越好了。我给他的诗集《逐梦成孤旅》写序，感慨不已："养殖家禽者，而常如一苦读书生，奇哉怪哉！盖冥冥中有其因缘，定数如此。"我对广大诗友最想说的话就是要多读诗，扎根诗词文化的深厚土壤，真诚地建立与诗词的深挚因缘，真心地观察生活、体验生活、思考生活，让诗词引领着你走向美好的、妙不可言的广阔世界。谢谢你的采访，这次就说到这儿吧。

2023 年 3 月 9 日

跋

为学者可不必为文,为文者不学则不可。盖今深于学者,独为论文,为专著,不必脔指于文学。尚论说者,钩稽理据,究讨文法,启发神思,亦不必藻饰彣彰也。况情故万端,于何不有。为学一目,去万虚存一实。所尚不同,道理参商。故黄季刚以为做学问当笃实,文章则务求高华。实非齐驾也。且夫以理绳文,咫尺千里。譬如暖丝送情,冰弦传恨,非声不同,心境异尔。惟不能辨作者心境之霎闪阴晴,所格论者,惟粗归若某而已。

盖文者,折万物于一人之心也。若无万物,心胡可以映?所以为文者当有学焉。而近世学者文士扬镳相歧,以至为文自轻,寡慢浮痴,相比称新。所以黄钟毁弃,紫桂燃烟。寔蜗斗于焚室,嚣然振蜉蝣之翅,犹以为鼓风鹏举。此皆不学故也。

江兄合友,兼文与学者也。生长江右,地灵乃出人望;讲肄燕赵,慷慨而发高声。比宫乐府,抵校红梨。有清词谱之丛刊,斯主其事也。复以学入文,传情以质。词无浮言,笔去虚语。允称学之能文者,文之有学者焉。故钟振振先生编入《中国当代学人诗词选集》。余尝与酹酒极欢,复读其论,更深然所言。所谓为文以正学,《近白堂集》可称也。此中诗词,皆论之所主,情之所发者。余阅既有感,乃作此跋。宜与诸公同赏。

王一舸

甲辰三月廿六作于有新堂